阿加莎·克里斯蒂
侦探推理系列

The Sittaford Mystery

斯塔福特疑案

[英] 阿加莎·克里斯蒂 著　　杨民生 译

U0105978

人民文学出版社

著作权合同登记号:图字 01 - 2009 - 0967

Agatha Christie

THE SITTAFORD MYSTERY

据 HarperCollins Publishers 2002 版译出

THE SITTAFORD MYSTERY ® [斯塔福特疑案] Copyright © 2010
Agatha Christie Limited (a Chorion company). All rights reserved.
The Sittaford Mystery was first published in 1931.

图书在版编目(CIP)数据

斯塔福特疑案/(英)克里斯蒂(Christie. A.)著;杨民生译.
—北京:人民文学出版社,2010
(阿加莎·克里斯蒂侦探推理系列)
ISBN 978-7-02-007896-7

Ⅰ.斯… Ⅱ.①克…②杨… Ⅲ.侦探小说—英国—现代
Ⅳ.I561.45

中国版本图书馆 CIP 数据核字(2010)第 020763 号

责任编辑:马爱农
责任印制:王景林

斯塔福特疑案
Si Ta Fu Te Yi An
〔英〕阿加莎·克里斯蒂 著
杨民生 译

人 民 文 学 出 版 社 出 版
http://www.rw-cn.com
北京市朝内大街 166 号 邮编:100705
宁波市大港印务有限公司印刷 新华书店经销
字数 170 千字 开本 850×1092 毫米 1/32 印张 9
2010 年 2 月北京第 1 版 2010 年 2 月第 1 次印刷
印数 1—20000
ISBN 978-7-02-007896-7
定价 22.00 元

如有印装质量问题,请与本社图书销售中心调换。电话:01065233595

献给马克斯·埃德加·马洛温①,我曾经与他讨论本书的情节,以回应身边的人们对我们的告诫

① 阿加莎·克里斯蒂的第二任丈夫。

出版说明

阿加莎·克里斯蒂被誉为举世公认的侦探推理小说女王。她的著作英文版销售量逾10亿册,而且还被译成百余种文字,销售量亦逾10亿册。她一生创作了80部侦探小说和短篇故事集,19部剧本,以及6部以玛丽·维斯特麦考特的笔名出版的小说。著作数量之丰仅次于莎士比亚。

随着克里斯蒂笔下创造出的文学史上最杰出、最受欢迎的侦探形象波洛,和以女性直觉、人性关怀见长的马普尔小姐的面世,如今克里斯蒂这个名字的象征意义几近等同于"侦探推理小说"。

阿加莎·克里斯蒂的第一部小说《斯泰尔斯庄园奇案》写于第一次世界大战末,战时她担任志愿救护队员。在这部小说中她塑造了一个可爱的小个子比利时侦探赫尔克里·波洛,他成为继福尔摩斯之后侦探小说中最受读者欢迎的侦探形象。《斯泰尔斯庄园奇案》经过数次退稿后,最终于1920年由博得利·黑德出版公司出版。

之后,阿加莎·克里斯蒂的侦探推理小说创作一发而不可收,平均每年创作一部小说。1926年,阿加莎·克里斯蒂写出了自己的成名作《罗杰疑案》(又译作《罗杰·艾克罗伊德谋杀案》)。这是她第一部由柯林斯出版公司出版的小说,开创了作为作家的她与出版商的合作关系，并一直持续了50年，共出版70余部著作。《罗杰疑案》也是阿加莎·克里斯蒂第一部被改编成剧本的小说，以Alibi的剧名在伦敦西区成功上演。1952年她最著名的剧本《捕鼠器》被搬上舞台，此后连续上演，时间之长久，创下了世界戏剧史上空前的纪录。

1971年，阿加莎·克里斯蒂获得英国女王册封的女爵士封号。1976年，她以85岁高龄永别了热爱她的人们。此后，又有她的许多著作出版，其中包括畅销小说《沉睡的谋杀案》（又译《神秘的别墅》、《死灰复燃》）。之后，她的自传和短篇故事集《马普尔小姐探案》、《神秘的第三者》、《灯光依旧》相继出版。1998年，她的剧本《黑咖啡》被查尔斯·奥斯本改编为小说。

阿加莎·克里斯蒂的侦探推理小说，上世纪末在国内曾陆续有过部分出版，但并不完整且目前市面上已难寻踪迹。鉴于这种状况，我们将于近期陆续推出最新版本的"阿加莎·克里斯蒂侦探推理系列"，以下两个特点使其显著区别于以往旧译本，其一：收录相对完整，包括经全球评选公认的阿加莎·克里斯蒂侦探推理小说代表作品；其二：根据时代的发展，对原有译文全部重新整理，使之更加贴近于读者的阅读习惯。愿我们的这些努力，能使这套"阿加莎·克里斯蒂侦探推理系列"成为喜爱她的读者们所追寻的珍藏版本。

人民文学出版社编辑部

2006年5月

目　　录

第一章　斯塔福特邸宅

伯纳比少校穿上胶靴,扣好大衣领子,又从门边的架子上拿起一盏风灯,小心翼翼地打开他那幢平房的大门,从缝隙里向外窥视。

映入眼帘的是一派典型的英格兰乡村景象,恰如圣诞贺卡上的图画,或者传奇剧的舞台布景:白雪皑皑,银装素裹。

纷飞迷漫的鹅毛大雪已经在整个英格兰下了四天四夜,眼下积雪无边无际,不是那种只堆积几英寸厚的小雪,在这达特穆尔高沼地的边缘,积雪已经厚达数英尺。全英格兰的住户们都因为供水管道冻裂而苦不堪言,如果能有个朋友是管道工,哪怕是管道工助手也好,这成了人们梦寐以求的殊荣。

位于高沼地边缘的这个小小的斯塔福特村,历来与世隔膜,而现在则完完全全地断了尘缘,严酷的寒冬变成了令人头疼的大难题。

然而伯纳比少校对严寒却无所畏惧,他是个坚韧的硬汉子。哼了几下,又嘟囔了一声之后,他便迈着军人的步伐,闯入风雪之中。

他的目的地并不遥远,只消沿着一条弯弯曲曲的小巷走几步,然后拐进一扇大门,再爬上一个没有铺满白雪的小坡，便来到一幢相当大的花岗石建筑前面。

穿戴得整齐厚实的女仆打开了大门。少校脱去暖和的英国呢大衣和胶靴，又把那条很旧的围巾解开。

他打开一扇门，走进屋去。那里面发生的种种变化不禁使他有了一切皆空的虚幻感觉。

虽然才是下午三点半钟，窗帘却已全部拉下，电灯也开着，壁炉里大火在熊熊燃烧。两个女人身穿下午用的工装，站起身来迎接这位身强力壮的老兵。

"你能出来真是太好了，伯纳比少校。"年纪大的那个女人表示欢迎。

"这没什么，威利特太太，这没什么。你这样说我真高兴。"他跟两个女人逐一握手。

"加菲尔德先生就快来了，"威利特太太说，"杜克先生和里克罗夫特先生也说要来，可这种鬼天气嘛，谁也料不定里克罗夫特先生这把年纪的人到底能不能来。真是的，天气实在糟糕透顶。总得干点什么事情让自个儿高兴高兴吧。维奥莱特，往火里再添块木柴！"

伯纳比少校颇有骑士风度地应声而起："请允许我帮你添木柴，维奥莱特小姐。"

他动作熟练地往壁炉里投了一块木柴，又坐回到女主人为他准备的扶手椅上，一边偷偷地打量着这间屋子。几个女人就可以改变屋子所有的特点，这使他大为惊异，因为这几个女人显然并未做过什么了不起的事情。

斯塔福特邸宅是约瑟夫·特里维廉上校从海军退役后建造的，那已经是十年前的事了。他是个很殷实的人，

斯塔福特邸宅

而且一直就希望能在达特穆尔定居。最后他选中了斯塔福特这个小小的村子。该村不像别的村子和农庄,并不位于河谷地带,它就在达特穆尔高沼地边缘,位于斯塔福特灯塔山的山麓下。他买下一大片地,建造了这幢舒适的邸宅,自备小电站和抽水用的电泵,这可以节省不少劳力。然后,为了便利,他又沿着巷子修建了六幢平房,每幢占地零点二五英亩。

靠近邸宅大门的第一幢租给了他的老朋友约翰·伯纳比,其余的则悉数出售,因为有些人出于某种选择和需要,想住在远离尘嚣的乡野之处。这个小村子还有三幢外观虽然漂亮却已破败的别墅,一家铁匠铺,一个兼卖糖果的邮局。最近的小镇是埃克桑普顿,离这儿不过六英里,有一条陡直的下坡路直通该镇,名叫达特穆尔大路,路上竖起一块老幼皆知的警告牌,上面写着:驾车者请挂低档。

特里维廉上校的确是个殷实的人,尽管如此,他却依然爱钱如命,也许这正好是由于殷实之故吧。十月底的某一天,埃克桑普顿镇的一位房屋代理商写信给他,询问是否愿意出租斯塔福特邸宅。一位房客已经为此做过咨询,想租用一个冬季。

首先涌上特里维廉上校心头的想法是拒绝出租,继而是要求进一步说明情况。房客是威利特太太,是个寡妇,还带着个女儿。最近刚从南非回来,想在达特穆尔租用一幢房子过冬。

"妈的,这女人一定是发神经了。"特里维廉上校说,

"呃,伯纳比,你对这件事有何想法?"

伯纳比的想法跟他几乎是如出一辙,那回答非常果断有力。"你无论如何是不想出租的,"他说,"让那个蠢女人上别的什么地方去吧,我看她准是想来这儿挨冻。想不到也是从南非来的。"

此话一经出口,特里维廉的金钱情结便被勾了起来。在隆冬时节出租房屋,平时连百分之一的希望也没有。他此刻想知道房客究竟愿意出多少房租了。

房客愿意一周付十二几尼的租金,于是事情便定了下来。特里维廉上校去了趟埃克桑普顿镇,在镇郊租了一幢每周两个几尼租金的房子,把斯塔福特邸宅交给了威利特太太,并且预收了一半租金。

"这个傻瓜跟她的钱很快就要分手了。"他嘟囔道。

不过,今天下午伯纳比偷偷地对威利特太太察言观色时,却在暗暗地思考着。他认定这个女人绝非傻瓜。她身材高大,举止笨拙,然而她的容貌透露出的却绝非愚蠢而是睿智。她穿着打扮有些过分,说话是一口刺耳的南非腔,而且对此番远行归来颇感满足。她显然很有些钱,对这一点伯纳比已经考虑过不只一遍,他认为整个事情看来是有点荒唐,因为她显然不是那种安于寂寞的女人。

作为邻居,她表现出的友好几乎令人感到窘迫。她邀请所有的人去斯塔福特邸宅聚会,而且总是要求特里维廉上校别像出租了房子那样对待那幢邸宅,可是特里维廉上校却不喜欢女人。据说他年轻时曾被某个女人抛弃过。他固执地拒绝她每一次的邀请。

威利特太太搬进邸宅已经有两个月,村里人对她们母女俩的到来所感到的惊讶也已经烟消云散。

伯纳比素来是个沉默寡言的人,他只是继续细心地观察着这位女人,显然并不想闲聊。他认为威利特太太不过是想让人看起来觉得傻乎乎的罢了,而实际情况却并非如此。于是他便对这个问题作出了结论。他的目光落到维奥莱特·威利特的身上。漂亮妞儿——当然啰,是有些骨瘦如柴的模样——姑娘们时下全是这样儿。一个女人看起来不像个女人,那有什么好?报上也在说身体曲线又再度时髦起来,也是该时髦的时候了。

他努力使自己打起精神来,找话茬儿。

"我们原先担心你会来不了,"威利特太太说,"你这样说过,还记得吧。后来你说能来,我们可真高兴哪。"

"是星期五嘛。"伯纳比少校说,语气中带着明确无误的味道。

威利特太太有些茫然不解的样子。

"星期五?"

"我每个星期五都要去看特里维廉上校,他每个星期二来看我。这样做已经好几年了。"

"噢,我明白了,你们住得如此之近嘛——"

"成习惯了。"

"可现在仍然这样做吗?我是说他眼下住在埃克桑普顿镇了。"

"打破习惯确实可惜,"伯纳比少校说,"我俩那些个傍晚总待在一起,真令人怀念哪。"

"你喜欢搞点什么比赛吧,是吗?"维奥莱特问道,"譬如杂技啦,填字谜啦,如此等等。"

伯纳比点了点头。

"我喜欢填字谜,特里维廉喜欢杂技。我们各有所好,挺认真的。上个月填字谜比赛我还赢了三本书呢。"他自告奋勇地说道。

"啊,真的。太有意思了。那些书都有趣吗?"

"不知道,我还没读呢。看来可能是没什么意思吧。"

"是赢得那些书才重要,是吗?"威利特太太含糊不清地问道。

"你怎么去得了埃克桑普顿镇呢?"维奥莱特问道,"你可没有车啊。"

"我走着去呗。"

"你说什么?不当真吧?有六英里远呀。"

"正好锻炼锻炼。十二英里又怎么样?只会让人身体健康。能健康才是大事儿呢。"

"真的,有十二英里啊。可你和特里维廉都是了不起的运动员,难道不是吗?"

"以前经常一块儿去瑞士,冬季就搞冬季运动,夏季就去爬山。特里维廉滑冰可真棒。现在我们都老了,那些运动是没法搞了。"

"你还获得过军队网球赛冠军,对吧?"维奥莱特问道。

少校满脸绯红,像个小姑娘似的。

"谁跟你讲的啊?"他嘟囔着问道。

"是特里维廉上校告诉我的。"

"乔让闭口不谈的,"伯纳比说,"他太饶舌了。现在天气怎么样了啊?"

维奥莱特觉得让他发窘有些过意不去,她跟着他走到窗前。他俩拉开窗帘,望着外面一派肃杀的景象。

"还要下雪,"伯纳比说,"而且会下得很大,我看准是这样。"

"啊,太令人兴奋了,"维奥莱特说,"我认为雪可真够浪漫的,我以前从没见过雪。"

"供水管道冻住了就不浪漫了,傻孩子。"她母亲说。

"你过去一直是住在南非吗,威利特小姐?"伯纳比少校问道。

姑娘身上原有的一点活力突然消失。开口回答时,她显得十分拘谨。

"是的,这是我头一回离开南非,我觉得又害怕又高兴。"

待在这高沼地的乡村里无亲无友会令人高兴吗?这种想法实在可笑之至。他不明白,这些人到底是怎么了?

门开了,女仆宣布道:

"里克罗夫特先生和加菲尔德先生来了。"

来者之一是个上了年纪的干瘪小个头,另外一个则是红光满面的年轻人,活像个男童。

年轻人先开口说道:"是我带他来的,威利特太太。

我说过保证不会让他给埋在雪堆里的。哈哈,我说哇,这一切简直是妙不可言,圣诞节的木柴在熊熊燃烧啦。"

"正像我这位年轻朋友所说的那样,承蒙他的指引,我才能来到这儿。"里克罗夫特先生一边跟人握手,一边煞有介事地说道,"你好,维奥莱特小姐。这天气可真是切合时令呀——恐怕是太合时令了吧。"

他一边朝炉火走过去,一边对威利特太太说话。罗纳德·加菲尔德则缠住维奥莱特说个没完。

"我说,咱们能不能上哪儿溜冰去?附近有池塘吗?"

"我看挖路才是你唯一的运动吧。"

"我已经挖了一上午了。"

"哦,你可真行啊。"

"别笑话我好不好。我满手都起水泡了。"

"你姨妈怎么样啊?"

"噢,还是老样子。有时候她说自己好多了,有时候又说更差了。但我认为她一直就是老样子。那种活法可糟透了,这你是知道的。每年我都在想她能不能就这样过下去,可她却依然是老样子。如果圣诞节时你不围着她打转,她准会把钱全捐给弃猫收容所的。她自个儿就收养了五只无家可归的猫。你知道吧,我只好抚摩那些个小畜生,假装自己也很溺爱它们。"

"我比较喜欢狗。"

"我也是。任何时候我都喜欢狗。我是说狗就是——呃,狗就是狗呗,你知道吧。"

斯塔福特邸宅

"你姨妈从来就喜欢猫吗?"

"我想老处女全会变得像猫儿似的。喔,我可恨死这些小畜生了。"

"你姨妈可是个好人呀,只是有点让人感到害怕。"

"我也认为有点让人感到害怕。有时候她简直想把我的脑袋给拧下来。以为我是没脑筋的,你知道吧。"

"不会真是这样吧?"

"哦,小心,可别那样说。许多人看上去跟傻瓜似的,可暗地里却在嘲笑别人呢。"

"杜克先生来了。"女仆宣布道。

杜克先生是最近才迁居到这儿的,九月份买下了最后一幢平房。他是个大块头,沉默寡言的,对园艺非常热衷。跟他是邻居的里克罗夫特先生则爱鸟,也很理解杜克先生。杜克先生当然是个极好的人,一点也不摆架子,但是毕竟很有点,呃,很有点什么呢?他也说不上来。也许是个退休的商人吧?而里克罗夫特先生则对这种舆论力加批驳,毫不留情。

但是谁也不愿去向他作咨询,人们的确也认为还是以不知底细为妙,因为如果有人了解底细,那就会感到难堪,在这么小的村子里,人们彼此之间是不会陌生的。

"这种天气就不步行去埃克桑普顿镇了吧?"他问伯纳比少校。

"不去了。我想特里维廉也认为我不会去的。"

"真是太糟糕了,对不对?"威利特太太一边说,一边打了个冷战,"就埋葬在这儿,年复一年的,那可真是太糟糕了。"

杜克先生飞快地朝她瞥了一眼,伯纳比少校也饶有兴致地凝视着她。

这时,女仆把沏好的茶送进客厅里。

第二章　神秘莫测的口信

喝完茶之后,威利特太太提议打桥牌。

"这儿一共六个人,其中两个人可以待会儿再参加。"

罗尼的眼睛睁大了。

"你们四位先打吧,"他说,"威利特小姐和我待会儿再参加。"

然而杜克先生说自己不会打桥牌。

罗尼的脸色沉了下来。

"我们可以轮换着打。"威利特太太说。

"那么就来搞转桌祈灵吧,"罗尼建议道,"今晚可怪吓人的,你记得吧,我们前天也这么说来着。在来这儿的路上,我和里克罗夫特先生也这样说起过。"

"我是精神研究协会的会员,"里克罗夫特先生一丝不苟地解释道,"我可以纠正这位年轻朋友讲错的地方。"

"简直是胡闹。"伯纳比少校一板一眼地说道。

"噢,那可好玩极了,你可就不知道啦,"维奥莱特·威利特说,"我的意思是用不着去相信什么精灵鬼怪。只不过是找乐趣而已。杜克先生,你认为怎么样呀?"

"你喜欢就行,威利特小姐。"

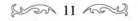
11

"我们得把灯关掉,还得找一张合适的桌子。不,不要那一张,妈妈。那张太沉。"

从隔壁房间搬来了一张小圆桌,桌面是打磨过的。这张小圆桌被安放在壁炉旁边,人们围桌而坐,电灯也关掉了。诸事就绪,大家也颇感满意。

伯纳比少校坐在女主人和维奥莱特之间。姑娘的另一边坐着罗尼·加菲尔德。少校嘴角浮起一丝嘲讽的微笑。他暗自想道:"我年轻时热衷的玩意儿可不是这个。"一边竭力想回忆起一位姑娘的名字来。这姑娘一头蓬松金发,他曾经把她按在桌下挺长一段时间。那是多年以前的事了。不过那种游戏①真是妙不可言。

人们时而朗声大笑,时而低声细语,要不就说些老生常谈的套话。

"精灵鬼怪是老早以前就有的东西。"

"嘘! 如果我们不认真,那就不灵验了。"

"什么也没有嘛。"

"当然啰,开始总是这样儿的。"

"安静下来就有谱了。"

过了一会儿,窃窃私语终于停止了。

屋里一片寂静。

"这桌子一点动静也没有。"罗尼·加菲尔德不耐烦地说道。

———————

① 原文为 Up Jenkins,是一种猜物游戏。

"别吱声。"

磨光的桌面起了一阵颤动，桌子开始摇晃起来。

"提问题吧。谁问啊？你问吧，罗尼。"

"嗯，我……我问什么问题呢？"

"有精灵鬼怪吗？"维奥莱特提醒道。

"噢，喂，有精灵鬼怪吗？"

桌子剧烈地晃动了一阵。

"那说明是问对了。"维奥莱特说。

"哦！呃——你是谁呀？"

没有回答。

"让它拼写出自己的名字吧。"

桌子又开始剧烈地摇晃起来。

"ABCDEFGHI，到底是 I 还是 J？"

"问它是不是 I。"

桌子摇晃了一下。

"对了，请拼写出下一个字母。"

精灵鬼怪的名字叫 Ida（艾达）。

"你要给这儿的人捎个口信吗？"

"要啊。"

"捎给谁？是捎给威利特小姐吗？"

"不是。"

"是威利特太太吗？"

"不是。"

"是里克罗夫特吗？"

"不是。"

"是捎给我吗?"

"对了。"

"是捎给你的,罗尼。让它拼写出来。"

桌子拼写出的是戴安娜。

"谁是戴安娜呀?你知道有谁叫戴安娜吗?"

"哎呀,我不知道。不过至少——"

"至少它是说对了,是说对了。"

"问问它,是不是个寡妇?"

大家就这样不停地逗乐,里克罗夫特先生宽厚地微笑着。年轻人就得闹着玩嘛。炉火一闪之际,他瞥见了女主人的脸。那张脸上是十分忧虑的表情,同时又是一副心不在焉的样子。她的思绪不在这儿,是在某个遥远的地方。

伯纳比少校在想着雪。今晚又将是大雪弥漫。这是他记忆中最严酷的一个冬天。

杜克先生很认真地玩着。可是精灵鬼怪们却很少理睬他。口信看来全是捎给维奥莱特和罗尼的。

精灵鬼怪们说,她会去意大利,而且会有人陪着她去。陪她去的人不是个女人而是个男人。这位男士名叫利奥纳德。

众人愈发大笑不止。桌子拼写出那个意大利城市的名字以及一大堆俄文字母,跟意大利毫不相关。

大家没有发出通常那样的责难。

"喂,维奥莱特(此时已不再被称为威利特小姐),你在使劲儿推桌子。"

"我没推,你瞧,我的双手没挨着桌子,可它仍在摇晃。"

"我喜欢轻敲桌子,我要让精灵鬼怪敲桌子,敲大声点儿。"

"会敲的。"罗尼转身对着里克罗夫特先生,"应该是会敲的,是吗,先生?"

"在眼下这种情况,我看不可能。"里克罗夫特先生的语调十分干瘪。

游戏停顿下来。桌子也没了动静,不再回答问题。

"Ida(艾达)走了吗?"

这时桌子又缓慢地摇晃了一下。

"还会有精灵鬼怪来吗? 请问。"

没有回答。突然之间,桌子开始颤抖,接着又剧烈地晃动起来。

"好哇,你是个新来的精灵鬼怪吗?"

"是的。"

"有给什么人的口信吧?"

"有。"

"有我的吗?"

"没有。"

"有维奥莱特的吗?"

"没有。"

"有伯纳比少校的吗?"

"有。"

"是给你的,伯纳比少校。请你拼写出来,好吗?"

桌子开始缓慢地摇晃起来。

"TREN,能肯定最后那个字母是 V 吗?不会吧。TREN,这可没什么意义呀。"

"是特里维廉,当然是的,"威利特太太说,"是特里维廉上校。"

"你说的是特里维廉上校吗?"

"是的。"

"你有口信要捎给特里维廉上校?"

"没有。"

"那么到底是什么呢?"

桌子开始缓慢而有节奏地摇晃,慢得足以让人数出字母来。

"D—"停顿片刻。"E—AD。"

"是死了。"

"有人死了吗?"

桌子没有回答,又摇晃起来,直到拼写出字母 T。

"T,你说的是特里维廉吗?"

"是的。"

"你不是在说特里维廉死了吧?"

"他死了。"

桌子剧烈地摇晃了一下。"是的。"

有人在喘息,桌子周围起了一阵小小的骚动。

罗尼又问了一遍,这一次他的话音不同了,带着不安和敬畏。

"你是说特里维廉上校死了?"

"对。"

又是一阵沉默。似乎没人知道下一个问题该问什么，也不知道怎样应付这万难逆料的突然变化。

一阵停顿之后，桌子又开始摇晃起来。

罗尼有节奏地缓缓拼读出那几个字母来：MURDER（谋杀）。

威利特太太尖叫一声，把双手从桌面上移开了。

"我可不想再玩下去了，真可怕。我可不想玩了。"

杜克先生的声音听上去既浑厚又清晰。他在询问桌子：

"你是说——特里维廉上校被谋杀了？"

话音未落便有了答案。桌子猛地一晃，几乎要翻倒，而且只摇晃了一次。

"是的。"

"看呀，"罗尼一边说一边把手从桌面上移开，"这真是一种糟糕透顶的游戏。"他的声音在打战。

"把灯打开吧。"里克罗夫特先生要求道。

伯纳比少校站起身来，拧亮了电灯。强烈的灯光照射在人们苍白不安的脸上。

大家面面相觑，默然以对。

"真是一团糟，就这样儿。"罗尼一边说，一边忐忑不安地笑了笑。

"蠢话一通，"威利特太太说，"不该……开这种玩笑。"

"不该开玩笑说人死了，"维奥莱特说，"这可真是的

——噢,我可不欣赏这种玩笑。"

"我没推桌子,"罗尼说,不言而喻,他觉得批评落到了他的头上,"我发誓,我没推桌子。"

"我也是。"杜克先生说,"你呢,里克罗夫特先生?"

"我当然没推。"里克罗夫特先生态度温和地回答道。

"你们不会认为我要开那种玩笑吧,对吗?"伯纳比少校低声吼道,"真是低级趣味的玩意儿。"

"亲爱的维奥莱特。"

"我没有,妈妈。我真的没有。我不会开这种玩笑的。"

姑娘几乎要失声哭泣了。

大家都颇感尴尬,兴高采烈的聚会像突然遭了瘟疫似的。

伯纳比少校推开扶手椅,走到窗户前,拉开了窗帘。他背对着大家,伫立在那儿。

"五点二十五分。"里克罗夫特先生瞄了一眼挂钟,又对了一下自己的手表。每个人都觉得他的这个动作含有某种意义。

"我看,"威利特太太强作欢颜地说道,"我们最好喝点鸡尾酒吧。加菲尔德先生,你摁一下铃好吗?"

罗尼遵嘱摁铃。

鸡尾酒的调料送进了客厅,罗尼被指定为调酒人。紧张不安的气氛缓和下来。

"啊,"罗尼举杯说道,"干杯吧。"

　　大家应声举起酒杯,只有伫立在窗前的伯纳比少校依然纹丝不动。

　　"伯纳比少校,你的鸡尾酒。"

　　少校一惊,随即缓缓转过身来。

　　"谢谢,威利特太太,我不想喝。"他的目光再度投向夜幕,继而又缓慢地投注在壁炉前面人们的身上。"今晚过得真高兴,谢谢大家。晚安。"

　　"你不去了吧?"

　　"恐怕非去不可。"

　　"别这么急匆匆的嘛,今晚的天气可是糟透了。"

　　"对不起,威利特太太,但我非去不可。要有部电话就好了。"

　　"电话?"

　　"是的,说老实话——我——呃,我想要确信乔·特里维廉是不是安然无恙。这不过是愚蠢的迷信,如此而已——情况就是这样儿。自然啰,我不会相信这种胡闹……但是——"

　　"但是你在哪儿也打不了电话,斯塔福特村没有安装电话。"

　　"是的,正因为打不了电话,所以我非去不可。"

　　"非去不可——但是你去的那条路不通车了呀。埃尔默可不愿在这种天气开车出去。"

　　埃尔默是此地仅有的一辆汽车的主人,那是辆老掉了牙的福特车,有些人要去埃克桑普顿镇,就出高价雇用。

"不是这么回事儿,不是有车没车的问题。我可以两条腿走着去,威利特太太。"

大家群起表示反对。

"哎呀,伯纳比少校,走着去可不行啊。你刚才还说要下雪了。"

"一小时,甚至更长的时间内还不会下。我这就走,不用担心。"

"唷,你可不能去,我们不许你去。"

威利特太太极感困惑不安。

无论大家怎样劝说,请求他别去,可这对伯纳比少校毫无作用。他态度坚定,无动于衷。他十分执拗,对任何事情一旦下定决心,便势不可挡。

他决心步行去埃克桑普顿镇,亲眼看看老朋友是否安然无恙,这种想法他至少说了五六遍之多。

最后大家终于弄明白了,他是一不做二不休的。少校把大衣紧裹在身上,点亮风灯,健步踏入夜色之中。

"我顺路回家弄个暖瓶带上,"他兴高采烈地说,"然后就直奔目的地。特里维廉会让我在那儿过夜。这种玩笑真是糟糕透顶。不会有事的。别担心,威利特太太。不管下不下雪,我都会在一小时以内赶到那儿。晚安。"

他大踏步离去,其余的人又回到炉火边。

里克罗夫特抬头仰视着夜空。

"要下雪了,"他悄声对杜克先生说,"在他到达埃克桑普顿镇之前就会下雪的,我希望他平安无事地走到那儿。"

杜克先生蹙了蹙眉头。

"我该跟他一块儿去的。我们中间应该有个人陪他去才对。"

"太使人伤心了,"威利特太太说,"真太使人伤心了。维奥莱特,我不允许再玩这种游戏了。可怜的伯纳比少校即便不冻死,也可能会一头栽进雪堆里。这把年纪了,像那样走着去可真是愚蠢之极。当然啰。"

不过此刻他们却并不感到真的安心了。

万一特里维廉上校出了什么事,那可怎么办?

万一……

第三章 五点二十五分

两个半小时后,也就是八点钟之前,伯纳比少校手提风灯,低下头来,躲避那迎面扑来使人视线迷茫的漫天风雪,跌跌撞撞地走上了通往哈兹穆尔邸宅大门的坡路。这幢房子是特里维廉上校租用的。

大雪是一小时以前开始纷飞而下的,此时已铺天盖地,弥漫四野。伯纳比少校气喘吁吁,大声哼哼着喘粗气,已经走得精疲力竭。他快冻僵了,一边跺脚,一边吹气,打着响鼻,用麻木的指头摁响了门铃。

门铃声尖锐刺耳。

伯纳比等着。几分钟过去了,屋里毫无动静。他再次摁响了门铃。

屋里依然悄无声息。

伯纳比第三次摁响门铃,并把指头一直摁住不放。

门铃锐声响着,可屋里仍是寂然一片。

门上有个敲门用的手扣,伯纳比少校一把抓起,使劲捶打着,那声音简直就跟打雷差不多。

然而屋里依然一片死寂。

少校不再敲门,他站立片刻,茫然无措,然后缓缓地踱下斜坡,来到大门口,沿路径直向埃克桑普顿镇走去。只走了几百码,便来到警察局门前。

　　他略为踌躇,然后下定决心,推开了警察局的门。

　　格雷夫斯警士跟少校相识,他惊讶地站起身来。

　　"哦,没想到在这样的夜里你还会出来,长官。"

　　"听着,"伯纳比简短地说,"我在上校的房门上又是摁铃又是捶打,可没人应答。"

　　"噢,当然啰,今天是星期五嘛,"格雷夫斯说,他对这两个人的习惯了如指掌,"在这样的夜晚你不会是从斯塔福特来的吧? 上校绝不会想到你要来。"

　　"不管他想到没想到,反正我是来了。"伯纳比烦恼地说,"我跟你说过,我进不了他家的门。我摁了门铃,又使劲在门上敲打,可没人应答。"

　　这种不安情绪有点传染给了警士。

　　"那就怪了。"他说,蹙起眉头。

　　"他不可能出去,尤其是在这种天气。"

　　"他当然不可能出去。"

　　"那就怪了。"格雷夫斯又说了一遍。

　　伯纳比对警士的迟缓显得很不耐烦。

　　"你不打算去看看吗?"他陡然问道。

　　"去看什么呀?"

　　"去做点什么事呗。"

　　警士仔细考虑着。

　　"是不是病倒了?"他脸上露出兴奋的神色,"我打电话试试看。"电话就在他旁边,他拿起话筒,拨了号码。

　　可是特里维廉上校无论对敲门,还是对电话铃声,全都毫无反应。

"看来他是病倒了,"格雷夫斯警士挂好话筒,"而且是单独一个人病倒在那儿。我们最好把华伦医生请来,让他跟我们一起去看看。"

华伦医生家近在咫尺,几乎就是警察局的隔壁。医生刚坐下来进晚餐,听到呼叫,有些不高兴。不过尽管不情愿,他仍然同意跟他们一起去。他披上一件暖和的呢大衣,带上一双橡皮手套,又在脖颈上围了一条围巾。

大雪依然纷扬而下。

"这该死的鬼天气,"医生悄声说道,"但愿你别让我去白费劲。特里维廉壮得像头牛,从来没病倒过。"

伯纳比没有应声。

来到哈兹穆尔邸宅,他们又是摁门铃,又是敲门,可屋里毫无动静。

于是医生建议绕到房子后面的一扇窗户那儿去。

"从这儿撞进去比从前门进去容易。"

格雷夫斯表示同意,三个人绕到了房子后面。他们曾试着推过一扇侧门,但那扇门是上了锁的。此刻他们已经来到通向后窗的满是积雪的草坪上。蓦地,华伦医生发出一声惊呼。

"啊,书房的窗子——是打开的。"

那扇法国式窗子果然是打开的,他们赶紧疾步来到窗前。在这鹅毛大雪铺天盖地、空气寒冷彻骨的夜晚,没有谁会把窗户打开的。书房里灯光明亮,一道窄窄的黄光从里面透射而出。

三个人同时赶到窗户前,伯纳比第一个爬进去,警士紧跟而上。

两人一进书房就惊呆了,伯纳比这个老年人不禁发出一声压抑的呼喊。紧接着华伦医生也进来了,跟他俩一样,吃惊地目睹了书房里的那一幕情景。

只见特里维廉上校脸朝下趴在地上,四肢伸展开来。屋里凌乱不堪,五斗橱的抽屉全拉开了,地上满是文件。他们身后的那扇窗户在装锁的地方被砸烂。特里维廉上校身上有一根直径二英寸的绿色台面呢包裹的铁管子。

华伦医生一个箭步窜到前面,跑到匍匐在地的躯体旁。

只一会儿他便站起身来,面色苍白。

"他死了吗?"伯纳比问道。

医生点点头,然后转身对着格雷夫斯:

"你来说说该怎么办吧。除了检查尸体外我没别的什么好做的,也许你希望在警督到达之前不要检查吧。我现在可以把致死原因告诉你。颅骨底部粉碎性骨折。我看可以猜测用的是什么凶器。"

他指了指裹着绿色台面呢的铁管子。

"特里维廉总是把这些铁管子放在门下面,用来堵水。"伯纳比声音嘶哑地说道。

"是的,这东西挺管用,跟沙袋一样。"

"我的天呀!"

"但是瞧瞧这儿,"警士插话道,他的智力逐渐集中到了问题上,"你是说,就是这儿发生了谋杀案吧?"

警士跨步走到桌边,桌上有一部电话。

伯纳比少校朝医生走去。

"对于他死了有多长时间这个问题,"他一边说,一边沉重地呼吸着,"你有什么看法吧?"

"死了两个小时,或者三个小时。这只是粗略的估计。"

伯纳比用指头按住干焦的嘴唇。

"你是否认为,"他问道,"他可能是五点二十五分时遇害的?"

医生惊讶地望着他。

"如果要知道准确时间,我认为你正好说对了。"

"哎呀,我的天哪!"伯纳比叹道。

华伦医生凝视着他。

少校摸索着走到一张扶手椅那儿,颓然坐下,一边自言自语地咕哝着,脸上是一派惊讶害怕的表情。

"五点二十五分——啊,我的天哪。那么说这一切竟是真的了。"

第四章　纳拉科特警督

悲剧发生后的第二天上午,有两个男人站立在哈兹穆尔邸宅的小书房里。

纳拉科特警督四下巡视着,眉头微微蹙起。

"哦,"他沉思着说道,"是这样。"

纳拉科特警督是个非常精明能干的警官。他性格沉稳,意志坚强,思维极富逻辑,对细节明察秋毫,因此办案十分成功,要是别的人那可就是另外一回事了。

他身材高大,风度稳健,一双灰色眸子深邃洞远,说话舒缓,略带一点轻微的德文郡口音。

他从埃克塞特被招来负责办理此案,乘今天上午的头班火车到达。因为公路已被大雪阻断,不通车,哪怕挂上防滑链也不行,要不然头天晚上就该到了。此刻他正站在特里维廉上校的小书房里,刚做完检查。跟他在一起的是埃克桑普顿镇的波洛克警佐。

"是这样。"纳拉科特警督又说道。

一抹冬日灰白的阳光从窗口照射进来,窗外是白雪皑皑的原野,离窗子一百码远处有个围栏,再往上就是积雪覆盖的陡坡了。

纳拉科特俯身对着尸体,再次进行检查。死者是个运动员,他看出了运动员的特征:宽阔的双肩,窄窄的上身,肌肉鼓胀结实。头比较小,牢牢地嵌在肩头上,两撇尖翘的海军胡子梳理得整整齐齐。他估计特里维廉上校的年纪是六十岁,不过看上去顶多五十一二岁。

"唉!"波洛克警佐发出一声叹息。

纳拉科特警督问道:"你怎么想啊?"

"呃——"波洛克警佐搔着脑门。他为人谨慎,如非必要,从不过早地下结论。

"呃,"他回答道,"据我看,长官,凶手来到窗外,把锁砸了,接着就进行盗窃,我想特里维廉上校当时是在楼上,盗贼以为屋里没人。"

"特里维廉上校的卧室是哪一间?"

"在楼上,长官,就是这间屋的上面。"

"每年这个时候四点钟天就黑了。如果特里维廉上校在楼上卧室里,那电灯就应该是开着的。强盗就会看见。"

"你是说强盗在伺机下手?"

"如果屋里电灯开着,没人会破窗而入的。如果有人要破窗而入,必定是以为屋里没人。"

波洛克警佐搔着脑门:"我觉得有点怪,但情况就是这样。"

"现在暂时不谈怪与不怪的问题。往下说吧。"

"呃,假设上校听见楼下有动静,于是就下楼来察看,强盗听到他下楼,就操起门闩,藏在门背后,等上校一进屋便从后面把他打倒在地。"

纳拉科特警督点了点头。

"对,很可能。他是面对窗户时被打倒的,不过,波洛克,我仍然不相信会是这样。"

"不相信吗,长官?"

"对,不相信。我不相信下午五点钟会有人破窗而入。"

"嗯,强盗或许以为机会来了吧。"

"不是机会不机会的问题,如果窗栓没有插上,强盗就可以溜进来。而这是要故意破窗而入,你看这儿给弄得一团糟。强盗会先去什么地方?是去放银餐具的厨房。"

"说得对。"警佐表示赞同。

"而这种一团糟的情况,"纳拉科特继续说道,"抽屉给拉了出来,里面的东西撒了一地。哼。这是搞的假象。"

"假象?"

"你瞧瞧窗户吧,警佐。窗户并未上锁,却给砸开了。窗户只是虚掩着,然后从上面把它砸破,造成一种破窗而入的样子。"

波洛克仔细地察看着窗栓,惊呼了一声。

"你说得对,长官,"他语气里透着敬佩,"可谁会这样干呢?"

"这个人是想蒙蔽我们,可他没有得逞。"

听到警督说的是"我们",波洛克警佐心里很感激。纳拉科特警督对这些细节如此周到小心,颇得下属好评。

"那就不是盗窃了。长官,你的意思是熟人干的。"

纳拉科特警督点了点头。"对,"他说,"不过唯一使人觉得奇怪的是,凶手的确是从窗口进来的。根据你和格雷夫斯的报告,而且我现在也依然可以看到,在雪融化了的地方还有湿印子,凶手的靴子在上面踏过。只有这间屋里有湿印子。格雷夫斯警士说得相当肯定,他和华伦医生走过客厅时,那儿并没有湿印子。一进这间屋他马上就发现了。这种情况说明,是特里维廉上校让凶手从窗户进来的。所以,凶手必定是特里维廉上校的熟人。你是本地人,警佐,你能否告诉我,特里维廉上校是不是个容易招怨树敌的人?"

"不是,长官,我认为他在世上并没有什么冤家对头。是有点看重金钱,也有点喜欢严格对己对人,看不惯拖拉疲沓的作风和粗暴无礼的态度,不过说句实话,他反倒因此而受人尊敬呢。"

"没有什么冤家对头。"纳拉科特若有所思地说道。

"他在这儿没有什么冤家对头,情况就是这样。"

"是这样——不过在他的海军生涯里是否树过敌,我们却不得而知。根据我个人的经验,警佐,一个人在某处树敌,必定又会在别的地方树敌的。我同意暂且对这种可能性不加考虑。我们按照逻辑寻找下一个动机,也就是每种罪行通常都会有的动机——利益。我看特里维廉上校是个有钱人吧?"

"从各方面来看都是个有钱人,但很吝啬。从他那儿很难弄到捐款。"

"哦。"纳拉科特沉吟道。

"可惜下了雪,"警佐说,"不过有了雪才能留下脚印,给了我们一点追踪的线索。"

"屋里没什么别的人吗?"警督问道。

"没有,最近五年以前,特里维廉上校只有一个仆人,也是个退伍海军。还有个女人每天从斯塔福特邸宅那边过来,但由这个名叫埃文斯的仆人为主人烧饭,照顾主人,大概一个月以前,此人结了婚,这使上校很懊恼。我以为他把斯塔福特邸宅出租给那个从南非来的女人,就跟这有关。他不愿意屋里有女人。埃文斯眼下跟妻子住在福尔街,就在拐角那边不远。每天来一趟,为他干点活。我让他上这儿来了,你可以见见他。他说昨天下午是两点来钟离开这儿的,因为上校没什么别的活要他干。"

"对,我是该见见他。也许他能告诉我们一些什么情况,有用的情况。"

波洛克警佐饶有兴致地看了他的上司一眼。警督的话中有某种令人感到奇怪的语调。

"你认为……"他开口说道。

"我认为,"纳拉科特警督一板一眼地说道,"这个案件并不像表面看来那么简单。"

"在哪些方面,长官?"

警督未予置辩。

"你说这个名叫埃文斯的人现在在这儿?"

"他在餐厅里等着。"

"好,我马上去见他。他是个什么样的人?"

波洛克警佐对报告案情很在行,但要描述人的模样可就难为他了。

"是个退休的海军人员。模样丑陋,恐怕是这样。"

"他喝酒吗?"

"喝得一塌糊涂。"

"他妻子怎么样? 上校对她可不喜欢吧?"

"嗯,是不喜欢,长官。特里维廉上校绝对不喜欢。他可没有那种好心肠。人家都说他恨死女人了,就这么回事儿。"

"埃文斯对主人很忠心吧?"

"一般人都是这么认为的,长官。如果他对主人不忠心,别人就会知道。埃克桑普顿镇太小了嘛。"

纳拉科特警督点点头。

"好了,"他说,"这儿没什么可看的了。我去跟埃文斯谈谈,再看看别的房间,然后我们去三王冠旅馆见见伯纳比少校。他谈到特里维廉上校遇害的时间时说的话令人感到奇怪。是五点二十分吗,嗯? 他一定知道某些情况没说出来,不然他怎么会把罪犯作案的时间说得那么准确呢?"

两人朝大门走去。

"这件事可真够奇怪的,"波洛克警佐说,目光扫视着地板上的一片狼藉,"强盗把这儿搞了个一团糟啊!"

"并不是这一团糟使我觉得奇怪,"纳拉科特说,"在目前这种情况下,也许觉得奇怪倒是正常的。不,使我觉得奇怪的是那扇窗户。"

"是那扇窗户吗,长官?"

"对。凶手干吗要到窗户那儿去？假设是特里维廉的某个熟人，不用说会让他进来的，可干吗不走前门呢？在这么个晚上要从路那边绕到窗户这儿来是很难走的。雪积得这么深，很不好走。一定有什么别的原因。"

"也许吧，"波洛克猜测道，"那个人不愿让别人看见他是从路上拐弯过来的。"

"昨天下午不会有什么人去拜访，也不会有人待在户外。不过，一定有什么别的原因。啊，也许到时候就知道了。"

第五章　埃文斯

埃文斯在餐厅里等着,见他们进来,马上恭敬地起身迎接。

他是个矮壮敦实的人,双臂很长,站起身来时总是半握着拳头,这成了他的习惯。他脸上刮得很干净,猪崽般的眼睛又小又圆,不过看上去神情愉快,精明强干,弥补了那斗牛犬似的外表所造成的缺陷。

纳拉科特警督暗自估量着这个初步印象。

"聪明机敏,讲究实效。但看上去也有点茫然失措。"

他开口问道:"你就是埃文斯吧,嗯?"

"是的,长官。"

"教名?"

"罗伯特·亨利。"

"唔,你对这桩事情都知道些什么?"

"一无所知,长官。这可真把我给搞糟了。实在想不到上校怎么会让人给干掉。"

"你最后一次见到主人是什么时候?"

"我看是两点钟吧,长官。我收拾完午餐的残羹剩饭,又把桌子放好,准备晚餐,你看到的,就在这儿。上校就说,我不必再来了。"

"平常你都干些什么?"

"平常我在傍晚七点钟左右回来,干上几个小时的活。有时候上校叫我不必再来——可这种时候不多。"

"那么昨天他叫你不必再来时,你并不感到吃惊吧?"

"是不感到吃惊,长官。前天傍晚我也没有回来——因为天气实在太糟糕。他真能体贴人啦,我是说上校这个人真是位好先生啊,只要你做事不推诿就成。我对他是了解得很清楚的。"

"他究竟说了些什么?"

"呃,他对着窗外说:'今天伯纳比可不会来了。一点也不用奇怪,斯塔福特一定跟外界完全隔绝了。从小到大还没遇到过这样的冬天呢!'他说的就是他的朋友伯纳比少校。少校总是星期五上斯塔福特去,他俩下棋,搞杂技什么的。每逢星期二上校就去伯纳比少校那儿。上校的这个习惯从不改变。当时他是这么对我说的:'埃文斯,你现在回家去吧。不用再来了,明早来吧。'"

"除了说到伯纳比少校外,他没提到过那天下午要等什么别的人吗?"

"没有,长官,一点也没提到过。"

"他态度上有什么不寻常的地方吗?"

"没有,长官,我看不出。"

"噢,我明白了,埃文斯,你刚结婚嘛。"

"是的,长官,我妻子是三王冠旅馆贝林太太的女儿。我两个月以前才结的婚,长官。"

"特里维廉上校对你结婚不太高兴吧?"

埃文斯脸上一刹那间露出一丝微笑。

"他为这大发脾气呢。是的,上校就是这样儿。可我的丽贝卡是个好姑娘啊,长官,而且还是个烧饭的好手呢。我原来以为我俩可以一起为上校干活的,可他——可他连听也不愿听这种话。说斯塔福特邸宅他的家里不需要女仆。长官,实际上事情已经相当棘手了,当时从南非来的那位太太到斯塔福特,想租用那邸宅过冬。上校就租了这儿的房子,我每天来为他干活。我倒不在乎把我的打算告诉你,长官,我曾经希望,冬天一过上校就会回心转意的,那我和丽贝卡就可以回斯塔福特邸宅了。是呀,他根本就不会想到她在屋里,她可以待在厨房里,可以做到不会让他在楼梯上碰见她的。"

"特里维廉上校如此忌恨女人,你知道是什么原因吗?"

"不知道,长官。不过是习惯而已,长官,就是这样。我从前也见过这样的先生。如果你问我,那多少只是害臊什么的。年轻时有些姑娘让他们不好受,结果他们就恨女人,成了习惯。"

"特里维廉上校没结过婚吗?"

"的确是没有,长官。"

"他有些什么亲属? 你知道吧?"

"我知道他有个姐姐住在埃克塞特,长官,我还听他说到几个外甥或外甥女的情况。"

"他们没来看过他吗?"

"没来过,长官。我想他在埃克塞特跟他姐姐吵了架。"

"你知道她的名字吗?"

"叫加德纳,我想是这个名字,长官。可我不敢肯定。"

"你知道她的地址吧?"

"不知道,长官。"

"好的,我们查过特里维廉上校的文件就会知道,这没问题。呃,埃文斯,你本人昨天下午四点钟以后在干什么?"

"我待在家里,长官。"

"你家在哪儿?"

"就在拐角那边,长官,福尔街85号。"

"你没出去吗?"

"没有啊,长官。哎,雪下得可真大呀。"

"是的,是的。有谁能证实你说的话吗?"

"你说什么,长官?"

"有谁知道你那段时间是待在家里?"

"我妻子,长官。"

"就她和你在家吗?"

"是的,长官。"

"行了,呃,我对你说的一点也不怀疑。就谈到这儿吧,埃文斯。"

这个退伍士兵犹豫着,没有动弹。两只脚交替摆动。

"我在这儿能帮什么忙吗,长官?要不要打扫干净?"

"不用——这地方目前得完全保持原状。"

"明白了。"

"你还是等一下吧,等我到处查看查看再说,"纳拉科特说,"万一我有什么问题要问你。"

"好的,长官。"

纳拉科特的目光从埃文斯身上移到屋里。

这次见面的地方是餐厅,餐桌上已摆好了晚餐,有牛舌冷盘、泡菜、奶酪和饼干,火上还煨着一锅汤。餐桌旁边还有张桌子,上面放着个玻璃酒柜、一支苏打水吸管,还有两瓶啤酒。酒柜里摆着许多银杯子,有三本崭新的小说跟这些银杯子放置在一起,显得很不协调。

纳拉科特警督查看了一两只银杯子,读着上面刻写的文字。

"特里维廉上校像个运动员。"他说道。

"是的,就是个运动员,长官。他这辈子就是个运动员嘛。"

纳拉科特警督读着小说的名字:"《爱情转动钥匙》、《林肯郡的风流男士》、《爱之囚笼》。"

"唔,"他说,"上校的文学趣味看来有点不对劲啊。"

"哦,长官,"埃文斯笑了,"那不是他留着要看的书,长官。那是他参加那些个铁路绘画比赛获得的奖品。上校用不同的名字去应付十个问题,包括我的名字在内,因为他说福尔街85号也是个会得奖的地方。上校的意思是,如果你的姓名地址越是普通,就越有可能获奖。我确实得了奖,不是两千英镑,而是三本新小说——那种小说嘛,我看来是绝不会花钱在书店里买的。"

纳拉科特不禁笑起来,接着又要求埃文斯再等一下,他要继续做检查。餐厅一角有个大橱柜,大得好比一个小屋子,里面杂乱地堆放着两副滑雪板、一副小艇用的短桨、大约一打河马牙齿、一些鱼杆和鱼线、各种各样的渔具、一本有关蛇类的书、一袋高尔夫球杆、一只网球拍和一只填充好的安装在虎皮座上的象脚。特里维廉上校显然在让斯塔福特邸宅装修时,把最值钱的东西转移到这儿了。他怕那母女俩会触碰这些收藏品。

"这想法真可笑——把这些东西全带着。"警督说,"房子只出租几个月,是吧?"

"说得对极了,长官。"

"这些东西本来可以锁在斯塔福特邸宅的吧?"

埃文斯再次微笑。

"那样就会方便多了,"他表示赞同,"并不是说斯塔福特邸宅有许多橱柜,上校显然是跟建筑师商量过,没要很多的橱柜,因为只有女人才懂得橱柜的重要性嘛。不过,长官,就像你刚才说的,那就方便多了。把这些东西弄到这儿来是要费点劲的——我敢说是这样。可你瞧,上校就是不愿意让任何人触碰他的这些东西。他说,你把东西锁起来吧,可女人总有办法把它们弄到手的。是出于好奇,他就是这么说的。他说如果你不想让她触碰这些东西,那就别锁起来,最好是随身带着,你就觉得安全了。于是我们就把这些东西全带到这儿,我刚才说过了,这得费点儿劲,也花了不少钱。不过你瞧,上校的这些东西就像是他的孩子似的,可宝贵了。"

埃文斯喘了口气,不再说话。

纳拉科特警督沉默不语地点点头,他还需要再了解一些情况,如果话题能十分自然地提起,这种机会就再好不过。

"这位威利特太太,"他漫不经心地问道,"是特里维廉上校的老朋友还是老相识?"

"噢,不是,长官,上校不认识她。"

"你能肯定吗?"警督厉声问道。

"呃——"警督的话又使这个海军退伍士兵来了劲。"上校从未这么说过——但是,啊,对了,我敢肯定他不认识她。"

"我之所以要这样问,"警督解释道,"是因为一年里的这个时候出租房子是非常令人奇怪的。另一方面,如果这位威利特太太跟特里维廉上校相识,又知道这个邸宅,她就会直接写信向他租借。"

埃文斯摇摇头:"是代理商办的,威廉森代理事务所的人写信给上校,说有位女士要租房子。"

纳拉科特警督的眉头又蹙了起来,他认为出租斯塔福特邸宅实在是件古怪事儿。

"特里维廉上校跟威利特太太见过面吧?"他问道。

"哦,见过的。她来看过房子,上校带她查看过。"

"你肯定他们以前从没见过面吗?"

"嗯,肯定没见过面,长官。"

"他俩,呃——"警督欲言又止,他想把问题尽量问得自然一些,"他俩相处得好吗?很友好吧?"

"那位女士是很友好,"埃文斯嘴角泛起微笑,"就是这样,不住口地赞赏那幢邸宅,问他是不是修建前定过什么计划。大肆吹捧了一番,就是这样。"

"那么上校呢?"

埃文斯的笑容变得更爽朗了。

"那种装腔作势的女人是打动不了他的,他对她很有礼貌,如此而已。他谢绝了她的邀请。"

"谢绝了她的邀请?"

"是的,考虑到房子是他的,要随时来访,她就是这么说的——要随时来访。你就在六英里外,但你可以随时来访。"

"她好像急于——呃——急于了解上校?"

纳拉科特觉得纳闷。这是租房子的原因吗?或者只是为了结识特里维廉上校而找的借口?真正的原因就在于此?也许她未曾想到特里维廉上校会搬到六英里外的埃克桑普顿镇去住吧?她也许估计到上校会搬到一幢小平房去,也许会跟伯纳比少校同住。

埃文斯的回答没多大助益。

"她是个很好客的女士,每天总有人来吃午饭,要不就是吃晚饭。"

纳拉科特点点头。他在这儿是了解不到更多的情况了,但他决定要尽早去见见这位威利特太太。她为什么突然搬到这儿,可得好好研究一番。

"来吧,波洛克,我们上楼去看看。"他说道。

他们让埃文斯一个人待在餐厅里，来到楼上。

"没问题了，是吧？"警佐低声问道，对着已经关上门的餐厅摇了摇头。

"他看来是没问题，"警督说道，"不过谁知道呢？那家伙可不傻，也许还有别的什么没让我们知道。"

"他是不傻，而且还是个挺精明的人。"

"他讲的情况看来倒是直截了当的，"警督说道，"非常清楚，光明正大。不过仍是那句话，谁知道呢？"

警督的这种说法相当特别，因为他是个非常细心而且疑虑重重的人。他又着手检查二楼的房间。

二楼有三间卧室，一间浴室。其中两间卧室没人使用，显然好几个星期没人进来过。第三间是特里维廉上校的卧室，十分整洁。纳拉科特警督在卧室里踱来踱去，不时打开抽屉和橱柜。一切显得井然有序，各就其位。这间卧室的主人是个极端整洁、习惯绝佳的人。纳拉科特检查完后，又朝浴室望去。这儿也同样井然有序。他又朝那张床看了一眼，只见被单整齐地拉好，上面放着叠好的睡衣。

他摇了摇头。

"这儿没什么情况。"他下了结论。

"对，这儿是整洁到了极点。"

"书房的写字台里有些文件。你最好都看看，波洛克。去告诉埃文斯他可以回家了。我以后会到他家里去拜访他。"

"好的，长官。"

"尸体可以搬走了。随便说一句,我要见见华伦医生。他就住在附近,是吧?"

"是的,长官。"

"在三王冠旅馆的这一头,还是那一头?"

"在那一头,长官。"

"那我先去三王冠旅馆,去吧,警佐。"

波洛克到餐厅去打发埃文斯回家。警督走出大门,朝三王冠旅馆疾步而去。

第六章　三王冠旅馆

纳拉科特警督在去见伯纳比少校之前,决定先去跟三王冠旅馆的老板娘贝林太太谈谈。贝林太太是个胖女人,情绪颇为激动,说起话来滔滔不绝,纳拉科特警督除了耐心聆听之外,毫无办法,直等到她谈资枯竭时方才开口询问。

"从没见过这样的夜晚,"她终于结束道,"我们谁也绝没想到这位可爱的先生会出事。这些可恶的流浪汉——我已经这样说过许多次了。他们可以把任何人干掉,可上校连一只保护他的狗都没有。流浪汉可怕狗啦。啊,得了,眼皮下会出什么事你是料想不到的。"

"对,纳拉科特先生,"她开始回答他的问题,"少校在进午餐,你可以在咖啡室找到他,这样的夜晚他连件睡衣也没有,而我一个寡妇人家又没什么可以借给他用的,我真说不清,不过我敢肯定是这样。他说所做的一切于事无补——真个是烦躁不安,举止乖张——这也难怪,最好的朋友给谋杀了嘛。这两位先生都是顶好的人,虽然上校是吝啬得出了名的。嘿,得了,得了,我一直认为住在斯塔福特邸宅那上面是挺危险的,去附近哪儿都有好几英里,可上校却在埃克桑普顿镇让人给干掉了。生活中的事是难以预料的,是吗,纳拉科特先生?"

警督对此表示肯定，接着问道：

"昨天有谁住进来吗，贝林太太？有什么陌生人来过吗？"

"让我想想看，有位莫里斯比先生，还有位琼斯先生，都是商人。另外还有一位从伦敦来的年轻先生。没别的人了。每年这个时候客人都很少。冬天来这儿的人很少。哦，还有一位年轻先生——是乘最后一班火车来的。是个爱管闲事的年轻人。他还没起床呢。"

"最后一班火车？"警督说，"是十点钟进站吧，嗯？我看别去管他了。另外那位——从伦敦来的那位怎么样？你认识吗？"

"从没见过。不是商人，噢，不是——身份要好一些。我一时想不起他的名字——你可以在登记簿上查到的。今天上午乘头班火车到埃克塞特去了，是这样的。六点十分的火车。这很奇怪。他来这儿到底要干什么，我也真想知道呢。"

"他没说来干什么吗？"

"一句话也没说。"

"他出去过吗？"

"吃午饭时到的，大概四点半钟出去，六点二十分又回来了。"

"他去了什么地方？"

"这我就不知道了，长官。也许是出去散散步吧。那正好是在下雪以前，这天气散步可不行啊。"

"四点半钟出去，六点二十分回来。"警督沉思着说道,"这可真怪。他没说起特里维廉上校吗?"

贝林太太很肯定地摇摇头。

"没有,纳拉科特先生,他根本就没说起过,沉默寡言的。是个模样挺帅的年轻人——可是看上去有点忧虑,该是这样吧。"

警督点点头,走过去查看登记簿。

"詹姆斯·皮尔逊,从伦敦来,"警督说,"呃,这说明不了任何问题。我们得对詹姆斯·皮尔逊先生做点调查询问。"

他说罢便大踏步跨向咖啡室,去找伯纳比少校。

咖啡室里只有少校一个人,正喝着一杯土黄色的咖啡,面前放着一张摊开的《泰晤士报》。

"是伯纳比少校吗?"

"是的。"

"我是埃克塞特来的纳拉科特警督。"

"早上好,警督。案情有什么进展吗?"

"有哇,先生,我想是有些进展。这可以肯定。"

"这让人高兴。"少校毫无热情地说道,那态度像是虽不相信,却不予置辩。

"有一两个问题要问你,我需要了解一些情况,伯纳比少校,"警督说,"我想你会告诉我的。"

"我尽力而为。"伯纳比少校说道。

"就你所知,特里维廉上校有没有什么冤家对头?"

"一个也没有。"伯纳比说得很肯定。

"这个名叫埃文斯的人——你个人认为他可靠吗?"

"应该说是可靠的。特里维廉很信任他,这我知道。"

"对他的婚姻没什么不好的反应吧?"

"没有。特里维廉有些着恼,他不喜欢改变自己的习惯。老光棍嘛,就这么回事吧。"

"说到光棍汉,我要问一个问题,特里维廉上校没有结过婚——你知道他立过什么遗嘱吗? 如果没有立遗嘱,你是否知道谁会继承他的财产?"

"特里维廉立过遗嘱。"伯纳比马上回答道。

"哦——这你知道。"

"是的,他要我做遗嘱执行人。告诉过我的。"

"你知道他怎么处理他的钱吗?"

"我可说不上来。"

"我听说他很有点儿钱。"

"特里维廉是个有钱人,"伯纳比说,"跟这儿受怀疑的任何人相比,他有钱多了。"

"他有什么亲属——你知道吧?"

"我知道他有个姐姐,几个外甥和外甥女。不大见到他们,但是并没有吵过架。"

"你知道他的遗嘱放在什么地方吗?"

"在沃尔特斯—柯克伍德律师事务所。在埃克桑普顿镇。是他们为他立的遗嘱。"

"那么也许是这样,伯纳比少校,你是遗嘱执行人,不知道你能否跟我去一趟事务所? 我想尽快弄清遗嘱的内容。"

伯纳比警觉地抬起头来。

"有什么传闻吗?"他问道,"这跟遗嘱有什么关系?"

纳拉科特警督不打算过早地打草惊蛇。

"这案子办得不像我们原先所想的那样容易,"他说,"而且我还有个问题要问你。伯纳比少校,你曾问过华伦医生,死亡时间是不是在五点二十五分?"

"哦。"少校粗哑地哼了一声。

"你为什么认为是那个时间呢,少校?"

"我为什么认为?"伯纳比反问道。

"嗯,你一定想到了一些什么情况吧。"

伯纳比少校半晌没有回答。这使纳拉科特警督颇感兴趣。少校显然有些秘而不宣的情况。他这般模样实在是有些滑稽可笑。

"我为什么不该说那件事发生的时间是在五点二十五分呢?"他态度粗暴地问道,"要不就是六点差二十五分,或者四点二十分,如此等等?"

"正是这样,先生。"纳拉科特警督说道,想让他放下心来。

此刻他不想跟少校针锋相对,他对自己说过,他今天一定要把事情弄个水落石出才罢休。

"有件事让我觉得奇怪,先生。"他继续说道。

"是吗?"

"就是出租斯塔福特邸宅这件事。我不知道你有什么想法,可我觉得事有蹊跷。"

"你要问我的话,"伯纳比说,"我也认为他妈的古怪。"

"你也这样认为?"

"每个人都这样认为。"

"你指的是斯塔福特村的人吗?"

"斯塔福特村和埃克桑普顿镇的人。那女人一定是发神经了。"

"噢,我想人各有所好吧。"警督说道。

"这女人的兴趣爱好也真他妈古怪。"

"你认识这个女人?"

"是这样,我在她屋里,当时——"少校骤然缄口。

"当时怎么啦?"纳拉科特问道。

"没什么。"伯纳比答道。

纳拉科特警督有些着急地看着他。这儿有些他想知道的情况。少校言词当中显而易见的含混不清和尴尬的态度没有逃过他的眼睛。少校正待说出某种情况——某种什么情况呢?

"时机已到,"纳拉科特心中暗想,"可别把他惹恼了。"

他态度天真地大声问道:

"你说你在斯塔福特邸宅,先生。那位女士也在那儿——有多长时间哇?"

"大概有几个月了吧。"

少校显然竭力在避开由于自己言词不慎所造成的后果,这使他变得话多了。

"是个带着女儿的寡妇吗?"

"是的。"

"她没有说过任何关于选择住房的原因吗?"

"呃——"少校揉着鼻子,态度有些模棱两可,"她说了许多话,她就是那种饶舌的女人——什么大自然的爱啦——远离尘嚣啦,如此等等,但是——"

他无可奈何地缄口不语了。纳拉科特警督赶紧提醒他:"你认为她说得不自然,是吧?"

"呃,像是那么回事。她是个时髦女人,打扮特别入时——女儿是个相当漂亮的姑娘。如果她们住在里茨大饭店或克拉里奇大饭店反倒自然些。你明白是怎么回事的。"

纳拉科特点点头。

"她们没有保持自己的身份,是吧?"他问道,"你不会认为她们是在——嗯——在躲避什么吧?"

伯纳比少校断然摇头。

"唔,不是,不是那种情况。她们很会交际——太能交际了。我的意思是,在斯塔福特村这么个小地方,是用不着预约的,要是收到许多邀请信的话,你会觉得有点为难。她们是非常友善、非常好客的人,对于英国人来说过分好客了。"

"海外领地的风气嘛。"警督说道。

"是的,我也认为是这样。"

"你是否认为她们从前就认识特里维廉上校?"

"肯定不认识。"

"你好像很肯定。"

"是乔告诉我的。"

"你不认为她们的动机可能是,呃——要让人不知道她们跟特里维廉上校相识?"

这一点伯纳比少校可没想到过。他考虑了几分钟。

"嗯,我没这么想过。她们对特里维廉上校倒是很动感情的,肯定是的。并不是她们从乔那儿得不到什么回报,不是的,我认为她们本来就是这样儿的。过分热情友好,你知道的,海外领地来的人全是这样儿的。"这位非常内向的前海军军官说道。

"我明白了,现在谈谈那幢房子吧。我听说是特里维廉请人修建的?"

"对。"

"没别的人在那儿住吗? 我的意思是,从前没有出租过吧?"

"没有。"

"那看来房子本身并不是吸引人的原因了。这真让人费解。这房子十有八九跟案子无关,可这让我觉得只是个古怪的巧合。特里维廉上校租用的这幢名叫哈兹穆尔的房子,产权是谁的?"

"是拉彭特小姐的。她是个中年妇女,到切尔滕纳姆的一家寄宿所过冬去了。每年都是这样。平常是把房子锁上,能租就租出去,不过租出去的时候不多。"

这儿看来也没什么希望。警督摇着头,一脸沮丧的表情。

"威廉森代理商,是吗?"他问道。

"是的。"

"办事处是在埃克桑普顿镇吧?"

"紧挨着沃尔特斯—柯克伍德律师事务所。"

"那么,我们可以顺路去看看,你不会介意吧?"

"绝不会的。十点钟以前柯克伍德是不会到事务所的。律师们全是一个样。"

"那么我们这就去好吗?"

少校早已用完早餐,他点头表示同意,随即站起身来。

第七章　遗嘱

威廉森代理商办事处的一位年轻人站起身来迎接他们,只见他一脸警觉的表情。

"早上好,伯纳比少校。"

"早上好。"

"这件事真糟糕,"年轻人有点饶舌,"埃克桑普顿镇已经多年没出过这样的事了。"

他蛮有兴致地说着,少校则只是哼了一声。

"啊,是吧。"年轻人觉得很高兴。

"我想请你给我介绍点情况,"警督说,"我知道斯塔福特邸宅的出租是你们经办的。"

"出租给威利特太太吗? 对,是这样。"

"请告诉我有关出租的详细情况。那位太太是亲自来的,还是写信来的?"

"是写信来的,她信中写道,让我想想——"他打开一个抽屉,翻开一卷档案,"对,从伦敦的卡尔顿旅馆写来的。"

"她信中提到过斯塔福特邸宅吗?"

"没有。她只说想租一幢房子过冬。地点要正好就在达特穆尔,至少要有八个卧室。离火车站和小镇的远近没有关系。"

"斯塔福特邸宅是登记在簿的吗?"

"没有,没有登记在簿。不过实际上是附近惟一能满足条件的房子。那位太太在信中写道,愿意每周付十二几尼的房租,在这种情况下,我认为值得写信给特里维廉上校,询问他是否愿意考虑出租的事。他回信表示同意,于是我们就把事情给办了。"

"威利特太太甚至连房子也没看就办了?"

"她同意不用看就租用,签了约。后来有一天她来了,开车到斯塔福特邸宅,跟特里维廉上校见过面,就盘子、碟子和被子啦等等跟他谈妥了,而且还查看了房子。"

"她很满意吧?"

"她四处看了,说很高兴。"

"你怎么想?"警督问道,目光犀利地看着他。

年轻人耸耸肩。

"干房产这行道你得学会见怪不怪才好。"他回答道。

听了这句带哲理的回答,他们便告辞了,警督对年轻人的帮助表示感谢。

"不用谢,甘愿为你们效劳。"

他客气地陪他们走到门口。

正如伯纳比少校所说,沃尔特斯—柯克伍德律师事务所跟房产代理办事处是两隔壁。到达律师事务所时,有人告诉他们柯克伍德刚到,把他们引进他的办公室。

柯克伍德先生是个上了年纪的人,表情慈祥。他是埃克桑普顿镇人,继承了祖父和父亲留下的产业。

他站起身来,脸上露出哀悼的样子,跟少校握手。

"早上好,伯纳比少校,"他说,"这件事实在令人震惊,太令人震惊了。可怜的特里维廉。"

他询问地瞧着纳拉科特,伯纳比少校三言两语就把纳拉科特的来意说明白了。

"你负责这个案件吧,纳拉科特警督?"

"是的,柯克伍德先生。为了进行调查,我要问你一下,了解一些情况。"

"只要可能,我乐于向你提供任何情况。"律师说道。

"这关系到已故上校的遗嘱,"纳拉科特说,"我听说遗嘱的文本是存放在这儿。"

"说得对。"

"是很久以前立下的吗?"

"五六年以前吧,我一时记不清准确时间了。"

"哦,我有点着急,柯克伍德先生。我想尽快了解那份遗嘱的内容。这可能跟案件有重要关系。"

"真的吗?"律师说,"真是的,我居然没有想到,不过,当然啰,警督,你对你的工作最在行嘛。呃——"他的目光移向另外那个男人,"我和伯纳比少校是遗嘱执行人。如果他不反对的话——"

"我不反对。"

"那么我看没有任何理由不答应你的要求,警督。"

他拿起办公桌上的电话,说了几句。过了几分钟,一个职员进了办公室,把一个封好的信封搁在律师的前面。职员走出办公室后,柯克伍德先生打开一把裁纸刀,割开

信封,从里面取出一份很宽大、看起来挺重要的文件,清清嗓子,随即念道:

> 我,约瑟夫·阿瑟·特里维廉,家住德文郡斯塔福特村斯塔福特邸宅,宣布以下为我最后的遗嘱条款和声明,定于一九二六年八月十三日。
>
> (1)我指定斯塔福特村1号平房的约翰·爱德华·伯纳比和埃克桑普顿镇的弗雷德里克·柯克伍德为我的遗嘱执行人和证人;
>
> (2)我给予为我长期忠实服务的罗伯特·亨利·埃文斯一百英镑,完全免除财产继承税,条件是只要我死时仍在为我服务而且并未接到辞退通知;
>
> (3)我给予约翰·爱德华·伯纳比我所有的运动奖品,作为友谊以及我对他的感情和尊敬的象征,其中包括打猎所获的所有动物头标本和毛皮、我在任何一种运动项目上所获之奖杯和奖品以及我所有的狩猎用品;
>
> (4)我将把除以上所述之外我所有的财产交我的受托人进行出售,变卖成现金;
>
> (5)我的受托人应将所集现金用于支付我的葬礼费用、立遗嘱和遗嘱附件之开销和还债以及财产继承税等项费用;
>
> (6)我的受托人应暂保有所余款项,按照

委托将款项分为相同的四份;

(7)我的受托人将按前所述条款各取出四分之一,并按委托将此一份交给我的姐姐詹尼弗·加德纳完全自由支配;

我的受托人应将所余相同之三份按委托交给我已故的姐姐玛丽·皮尔逊的三个孩子,完全用于他们的开销。

作为证人,上述之约瑟夫·阿瑟·特里维廉谨按立本遗嘱之年月日签署姓名。

由上述之立遗嘱者以及按其要求当面签署姓名之遗嘱执行人,共同签署本遗嘱,兹作为本遗嘱之证人。

柯克伍德先生把遗嘱文本递给警督。

警督若有所思地浏览着遗嘱文本。

"我已故的姐姐玛丽·皮尔逊,"他说,"你能否告诉我一些有关皮尔逊太太的情况,柯克伍德先生?"

"我所知甚少。她是十年前去世的吧,我想是的。她丈夫是个股票经纪人,死得比她更早。据我所知,她从未到这儿来看过特里维廉上校。"

"皮尔逊,"警督又说,"还有一件事,特里维廉上校的财产总额没有提到,你知道数额是多少吗?"

"这很难说得准,"柯克伍德先生说,一副沾沾自喜的模样,像所有的律师一样,把一个简单问题的回答弄得十分困难。"这是个房产和个人财物的问题。除了斯塔福特邸宅外,特里维廉上校在普利茅斯附近还有些财产,他一直在搞的投资价值变动很大。"

"我只需要一个大概的数字。"纳拉科特警督说道。

"我不想让自己——"

"只需要一个极概略的数字作为指南。比方说,是不是两万英镑?"

"两万英镑?我亲爱的长官,特里维廉上校的财产起码是这个数字的四倍以上。八万或九万英镑更接近些。"

"我跟你说过特里维廉是个有钱人。"伯纳比说道。

纳拉科特警督站起身来。

"非常感谢,柯克伍德先生,"他说,"感谢你给我提供的这些情况。"

"你认为会有帮助,嗯?"

律师显然极感兴趣,可是纳拉科特警督眼下并不想满足他的好奇心。

"像这样的案子,我们得把一切考虑进去,"他不动声色地说,"顺便问一下,你可有詹尼弗·加德纳和皮尔逊这两家人的姓名和地址?"

"我对皮尔逊家一无所知,加德纳太太的住址是埃克塞特沃尔登路月桂邸宅。"

警督在笔记本上做记录。

"会用上的,"他说,"已故皮尔逊太太有几个孩子,你知道吧?"

"我想有三个。两个女儿和一个儿子——要不就是两个儿子一个女儿。我记不清了。"

警督点点头,放好笔记本,再次向律师表示感谢,告辞离去。

来到大街上,他突然转身对着他的同伴。

"现在,先生,"他说,"关于五点二十五分这个说法我们就要知道真相了。"

伯纳比少校恼怒得满脸通红。

"我已经告诉过你——"

"我觉得那不行。知情不报,你是在这样做啊,伯纳比少校。你对华伦医生说那个特别的时间,当时必定想起了什么,我一准能猜到。"

"好吧,如果你能猜到,干吗要问我?"少校咆哮起来。

"我认为你知道在那个特别的时间某人在某地跟特里维廉上校有约会。嗯,是不是这样啊?"

伯纳比少校惊异地瞪着他。

"没那么回事,"他吼道,"没那么回事!"

"小心,伯纳比少校,你了解詹姆斯·皮尔逊吧?"

"詹姆斯·皮尔逊?詹姆斯·皮尔逊是谁呀?你说的是特里维廉上校的一个外甥吧?"

"先假定是他的一个外甥吧。他有个外甥名叫詹姆斯,对吧?"

"我可不清楚,特里维廉是有几个外甥——这我知道。至于他们叫什么名字,我是一点风也摸不准。"

"我说到的那个年轻人昨天晚上就住在三王冠旅馆。你可能在那儿认出他来了吧?"

"我谁也没有认出来，"少校低声吼道，"无论如何，特里维廉的外甥我这辈子从未见过。"

"可你知道昨天下午特里维廉上校在等一个外甥吧？"

"我不知道！"少校大吼道。

街上有几个人转过身来，吃惊地瞧着他俩。

"真该死，你简直不愿面对事实！他在等谁我根本不知道。我只知道特里维廉的外甥大概都在廷巴克图①。"

纳拉科特警督有些吃惊。少校一个劲儿地否认，看来是有些情况秘而不宣。

"那么，你说五点二十五分是怎么回事呢？"

"啊，呃——我看最好还是告诉你算了，"少校窘迫地干咳着。"不过你得注意——整个这件事真是愚蠢透顶！实在是一团糟，长官。思维正常的人无论如何也不会相信这种胡说八道！"

纳拉科特警督显得愈发吃惊了。伯纳比少校看上去更加局促不安，每时每刻都在为自己感到羞愧。

"你知道的，警督。你得参加这种游戏，好讨一位太太的欢心。当然啰，我绝对没想到这当中会出什么事。"

"什么当中，伯纳比少校？"

"转桌祈灵呗。"

"转桌祈灵？"

---

① 廷巴克图，Timbuctoo，意指遥远的地方。

虽然纳拉科特料事如神,可这一点他却万万没有料到。少校开始解释,而且不时停顿下来,对这种事情发表许多不予置信的意见。他描述了昨天下午的情况,说到捎给他的那个口信。

"伯纳比少校,你是说桌子拼读出了特里维廉的名字,告诉你他死了——被谋杀了?"

伯纳比少校擦擦额头。

"是的,事情就是这样。我当时并不相信——当然不相信了。"他显得有些羞愧,"呃——昨天是星期五,我想我得弄个实在,去看看他是否安然无恙。"

警督想象着那六英里艰难的跋涉,成堆的雪和那即将来临的暴风雪的情景,他明白了,毋庸置疑,伯纳比少校必定是对那精灵鬼怪所传递的口信深感惊恐。纳拉科特心里反复思忖着,这种事情是不可以解释得令人满意的。这种精灵鬼怪的事情当中毕竟有文章,这是他碰到过的第一桩显然事出有因的案件。

这个案件的性质和特点也极为古怪,尽管他明白伯纳比少校的态度缘何如此,但就他而论,这又跟整个案件并无实际的关联。他要应付的是具体实在的世界,绝非什么精灵鬼怪的所在。

他的任务是要追寻出杀人凶手。

要完成这个任务,他勿需任何精灵鬼怪的指引。

第八章 查尔斯·恩德比先生

警督看了一眼手表,知道还能赶上开往埃克塞特的火车,但要赶紧。他急于要见已故特里维廉上校的姐姐,以便得到别的家庭成员的地址。于是,他向伯纳比少校匆匆告别,直奔火车站而去。少校则步行回到三王冠旅馆。他刚踏上门槛,一个精神焕发的年轻人跟他打招呼。只见这个年轻人额头发亮,脸蛋浑圆,活像个小男童。

"是伯纳比少校吗?"年轻人问道。

"是的。"

"住斯塔福特村 1 号平房吗?"

"对。"伯纳比少校回答道。

"我是《每日电讯报》的记者,"年轻人说,"我——"

他话还没说完,少校便以真正军校士官生的风格大发雷霆。

"一个字也别再往下说了,"他咆哮道,"你是个什么货色我清楚得很。不讲情面,进退失据,像兀鹰围着腐尸那样绕着谋杀案打转。我告诉你,年轻人,从我这儿是掏不到情况的。一个字也掏不到。你那该死的报纸没什么故事好写。你想知道什么情况,就去问警察吧。留点情面,让死者的朋友安静安静。"

年轻人显然无动于衷。他笑得比刚才更富鼓励意味。

查尔斯·恩德比先生

"我说,先生,你发脾气可是发错了对象啦。我对谋杀的事情还尚未风闻呢。"

严格些说,年轻人所说的话并不确实。埃克桑普顿镇的任何人都不能假装不知道这件事。谋杀案使这个平静的高沼地小镇人人震惊。

"我授权代表《每日电讯报》,"年轻人接着说道,"把这张五千英镑的支票转交给你,并向你表示祝贺,你赢得了足球赛结果有奖竞猜。"

伯纳比少校大吃一惊。

"毫无疑问,"年轻人说,"你一定收到了我们昨天上午发出的信,通知你这个好消息。"

"什么信?"伯纳比少校问道,"你知道吧,年轻人,斯塔福特村的积雪有十英尺厚哇。你怎么会这样想,竟然认为这些天邮差投递信件是正常的?"

"没问题吧,你一定看见你的名字作为赢家登在《每日电讯报》上了吧?"

"没有,"伯纳比少校说,"我今天上午还没有看报呢。"

"哦,当然啰,"年轻人说,"这件事真令人感到悲哀。被害人是你的朋友,这我知道。"

"是我最要好的朋友。"少校说道。

"命运不济啊!"年轻人圆滑地说,避开少校的目光。接着,他从口袋里拿出一张折叠好的淡紫色的纸片,递给伯纳比少校,随即鞠个躬。

"谨代表《每日电讯报》向你表示祝贺。"

伯纳比少校接过那张纸片，只说了一句在这种情况下唯一可以说的话。

"喝一杯怎么样，先生？嗯？"

"我名叫恩德比，查尔斯·恩德比。我是昨天晚上到的。"他解释道，"还做了许多咨询才到斯塔福特村的。我们必须亲手把支票交到赢家手里，还要发表一则短讯，使读者感到有趣。嗨，人人都对我说大有问题——天在下雪，根本送不到，可我的运气实在不赖，竟然在这儿找到你了，你是待在三王冠旅馆里。"他莞尔一笑："认出你绝无问题，这地方人人彼此都很熟悉。"

"你想喝点什么？"少校问道。

"喝啤酒吧。"恩德比回答道。

少校要了两杯啤酒。

"谋杀案让这个地方的人昏了头，"恩德比开口道，"无论怎么说这案件都是真够古怪的。"

少校哼了一声，显得有些困窘不安。他对新闻记者的看法并未改变，不过，此人刚刚交给你一张五千英镑的支票，倒显然处于特殊地位了。你可不能立马就叫他滚蛋的。

"他没有冤家对头吧？"年轻人问道。

"没有。"少校回答道。

"可我听警察说并不是因为抢劫。"恩德比继续说道。

"你怎么知道的？"少校问道。

然而恩德比先生却没有透露消息来源。

"我听说实际上是你发现尸体的,先生。"年轻人说道。

"是的。"

"肯定很吓人吧?"

谈话就这么进行着。伯纳比少校决心不透露任何情况,但恩德比先生手腕十分高明,他可不是对手。恩德比先生说出某种结论,这使少校要么表示同意,要么就表示反对,于是便向年轻人提供了所需要的情况。他的态度委实令人愉快,所以谈话一点也不犯难,少校发现自己居然对这位年轻人有了好感。

恩德比先生突然站起身来,说必须到邮局去一趟。

"请你给我写一张支票的收据,先生。"

少校走到写字台前,写好收据,交给这个年轻人。

"写得妙极了。"年轻人说道,把收据揣进口袋。

"我想,"伯纳比少校说,"你今天要回伦敦吧?"

"哎,不回去,"年轻人说,"我要给你在斯塔福特村的房子拍几张照片,再拍几张你喂猪啦、铲蒲公英啦的照片。你喜欢干这些活,读者也非常欣赏这类事情。这你可就不知道了。你再对'我怎么用这五千英镑'的问题谈谈看法。这都是些轻而易举的事情。如果没有这些,就别提读者会有多失望了。"

"是的,可你瞧——在这种天气去斯塔福特村是办不到的呀。雪下得特别大。已经三天没有任何车辆行驶了,还得再过三天雪才会开始融化。"

"我知道,"年轻人说,"这很令人为难。行了,行了,在埃克桑普顿镇尽情逸乐吧，三王冠旅馆还挺不错。再见，先生，以后见吧。"

他转身上了埃克桑普顿镇的主要大街，朝邮局走去，在那儿用电报发了自己撰写的稿子。他写道：运气实在绝妙之极，关于埃克桑普顿镇的谋杀案，可以提供最有趣的情况，并且是非同寻常的专访。

他考虑着下一步的行动，决定去采访已故上校的仆人埃文斯，这个仆人的名字是谈话时少校不经意地透露出来的。

他稍做询问，便来到福尔街85号。被害者的仆人今天显然是个重要人物。他遇到的每个人都急于向他指出这个仆人的住所。

恩德比在门上响亮地敲了几下。开门的是个男人，此人是个典型的退伍海军军人，恩德比对他的身份毫不怀疑。

"你是埃文斯吗？"恩德比兴高采烈地说道，"我刚从伯纳比少校那儿来。"

"哦——"埃文斯犹豫片刻。"进来吧，先生。"

恩德比应邀而入。有个一头黑发、脸蛋绯红、体态丰满的女人在里屋忙乎着。恩德比料想她必定是新婚燕尔的埃文斯夫人。

"你已故的主人实在是不幸得很。"恩德比说道。

"令人震惊，先生，是这样。"

"你认为是谁干的？"恩德比问道，使出探问情况的绝招。

"我想是个流浪汉吧。"埃文斯回答道。

"啊,不对,亲爱的老兄。这种说法是毫无根据的呀。"

"嗯?"

"那是故意搞的障眼法。警察可是一眼就看穿了。"

"谁跟你说的,先生?"

恩德比的消息其实是从三王冠旅馆的女仆那儿听来的,这位女仆的姐夫就是格雷夫斯警士。他未提此事,却回答道:

"我在警察局有内线。是的,抢窃杀人的说法是障眼法。"

"那他们认为究竟是谁干的呢?"埃文斯太太问道,走了过来。只见她面色惊惶,神情急迫。

"听着,丽贝卡,别那副模样嘛。"她丈夫说道。

"警察可真是又狠又蠢,"埃文斯太太说,"他们只要能抓到人就不管三七二十一了。"她飞快地瞥了恩德比一眼。

"你跟警方有关系吧,先生?"

"我?嗨,没有啊。我是报社的记者,《每日电讯报》的。我来看伯纳比少校,他刚赢得足球赛结果有奖竞猜,有五千英镑的奖金。"

"什么?"埃文斯叫道,"真该死,那么这一切竟然是公平的了。"

"你原来认为不公平吗?"恩德比问道。

"唉,这是个邪恶的世界呀,先生。"埃文斯有点闹糊涂了,觉得他的那声叫喊实在太没遮拦,"我听说这当中还有些诡诈邪门的事儿呢。死去的上校总是说奖金从来不到好地址的,所以他一直就老在用我的地址。"

他多少有些天真地描述了上校赢得三本小说的事情。

恩德比鼓励他说下去。他发现埃文斯正在讲述一个非常动听的故事。这个忠心耿耿的仆人——简直就是条老海狗啊。埃文斯太太如此紧张,他觉得有点纳闷。他把这归结为她那个阶层的人迷信无知。

"你把干这件事的坏坯查到吧,"埃文斯说,"报纸可以办到许多事情,大家都这么说来着,可以追踪到罪犯。"

"这是抢劫,"埃文斯太太说,"就是这么回事嘛。"

"当然是抢劫啰,"埃文斯说,"怎么啦,埃克桑普顿镇可没有谁想伤害上校啊。"

恩德比站起身来。

"好了,"他说,"我得走了,我还会来跟你们聊的。如果上校在《每日电讯报》的竞赛中赢得三本小说,报社就应该把追捕凶手当作自己的责任。"

"不可能说得更公平合理了,先生。是的,不可能更公平合理了。"

查尔斯·恩德比对他俩说声再见,起身离去。

"我真不明白究竟是谁把那家伙干掉了?"他轻声地自言自语道,"我认为不是我们的朋友埃文斯干的。也许是个强盗吧。如果真是这样,那可真让人失望。这案件里好像没有女人,实在可惜。我们要么不用多久就会有重要发现,要么这个案件就会湮没无闻了。也许是运气不佳吧。我还是头一遭涉足这种事情。我得努把力才行。查尔斯乖乖,你的机会来了,尽力而为啊。我明白了,我们那位退伍的朋友就快听命于我了,只要我记住表现出足够的尊敬,把'先生'叫个够就成。不知道他是否参加过印度兵变。没有,当然啰,他年纪不够大。参加过南非战争吧,是那样。向他问问南非战争,这会使他驯服的。"

恩德比先生心里一面转着这些念头,一面悠然自得地朝三王冠旅馆信步走去。

第九章　月桂邸宅

从埃克桑普顿镇乘火车到埃克塞特需要大约半小时。十二点差五分,纳拉科特警督摁响了月桂邸宅的门铃。

月桂邸宅有些破败,亟须重新油漆。周围的花园凌乱不堪,杂草丛生,大门也是歪斜的。

"这儿可就没多少钱啦,"纳拉科特心里想道,"显然是经济拮据。"

他是个心平气和的人,但是调查询问似乎表明,上校若是被冤家对头谋杀,这几乎是不可能的。另一方面,那四个他已经弄清来龙去脉的人,都会因上校之死而获得相当多的钱。得对这四个人的活动进行调查。可以去查对旅馆登记簿上的记录,不过皮尔逊这个名字十分常见。纳拉科特警督并不想急于作出任何结论,他竭力要保持完全开放的心态,同时尽可能快地完成预定步骤。

一个模样有些邋遢的女仆开了门。

"下午好,"纳拉科特警督说,"我想见加德纳太太。是跟他弟弟——埃克桑普顿镇的特里维廉上校的死有关。"

他故意不出示官方证件。根据他自己的经验,身为警官这个事实就足以使她尴尬不安、张口结舌了。

月桂邸宅

"她知道她弟弟的死讯了吗?"就在女仆侧身让道把他引进客厅时,警督漫不经心地问道。

"知道了,收到了电报。是柯克伍德律师打来的。"

"是这样。"纳拉科特警督说道。

女仆把他引进客厅,同房子的外观一样,这间客厅也亟须花钱进行修缮,然而尽管这样,警督却感到这儿有某种温馨迷人的气氛,至于到底是怎么回事,他却来不及去仔细品味。

"这件事对你的女主人来说一定够震惊的吧?"他说道。

他注意到女仆的态度有些漠然。

"她不大见得到他。"女仆回答道。

"把门关上,到这儿来吧。"纳拉科特警督说道。

他很想欣赏一下突然袭击的效果。

"电报上说的是不是谋杀?"他问道。

"谋杀!"女仆惊得两眼圆睁,目光中流露出既惊恐却又极惬意的神色。"他被谋杀了吗?"

"哦,"纳拉科特警督说,"我还以为你听说了呢。柯克伍德先生不想突然把噩耗告诉你的女主人。可你瞧,亲爱的——你叫什么名字啊?"

"我叫比阿特丽斯,先生。"

"呃,你瞧,比阿特丽斯,这消息会登在今天的晚报上。"

"啊,我的天啦,"比阿特丽斯说,"被谋杀了。真吓人啊,不是吗? 是不是他们砸烂了他的脑袋,或是给了他一枪什么的?"

警督为了满足她的好奇心,把详细情况说了一遍,接着又漫不经心地说:"我想,你的女主人昨天下午想去埃克桑普顿镇是有原因的,但我认为雪太大,她没能去吧。"

"我可没听说她要去,先生,"比阿特丽斯说,"我想你准是弄错了。女主人昨天下午是去买东西,然后又去看画展。"

"她什么时候回来的?"

"大概是六点钟吧。"

这样看来加德纳太太可以排除了。

"我对那个家庭不很了解,"他依然漫不经心地说,"加德纳太太是孀居的吗?"

"噢,不是,先生,有男主人的。"

"他是干什么工作的?"

"他啥也不干。"比阿特丽斯一边说,一边呆呆地看着他。"他干不了活,是个病人嘛。"

"是个病人。嗯? 哦,真遗憾,我没听人说过。"

"他走不了路,整天躺在床上。家里得有护士才行。当护士可不是每个姑娘都干得了的。他老是要人拿托盘啦,沏茶啦什么的。"

"很难让人歇口气呀。"警督安慰道,"喂,你现在能不能去向女主人通报一声,就说我是从埃克桑普顿镇柯克伍德先生那儿来的?"

比阿特丽斯走进里屋,过了一会儿,门打开了,一个身材高大、独断专行的女人来到客厅里。她的那张脸看上去很特别,眉毛那部分很宽,头发是黑色的,但两鬓却有些斑白,那头黑发从额头向脑后直梳过去。她探询地看着警督。

"你是从埃克桑普顿镇的柯克伍德先生那儿来的吗?"

"不完全如此,加德纳太太。那是我刚才对你的女仆说的。你的弟弟特里维廉上校昨天下午被谋杀了,我是负责此案的地区警督纳拉科特。"

加德纳太太的确不愧为意志坚强如钢的女人。她眯缝起眼睛,急促地喘着气,接着她给警督指指椅子,自己也坐了下来。

"被谋杀了!这可非同寻常呀!世界上有谁会谋杀乔呢?"

"我正要查个水落石出呢,加德纳太太。"

"当然啰,我很想能对你有所帮助,但不知道能否做到。最近十年,我跟我弟弟几乎没见过面。对他有些什么样的朋友,建立了一些什么关系,我一点也不清楚。"

"请原谅,加德纳太太,你和你弟弟吵过架吗?"

"没有——没吵过架。我们之间的关系,可以用疏远这个词来形容。我不愿多谈家庭琐事,可我弟弟对我的婚姻很怨恨。做弟弟的对自己的姐夫很少会中意的,不过自然啦,我想比起我弟弟来,他们把这一点掩饰得要好些。也许你知道吧,我弟弟继承了姑姑的一大笔钱,可我和姐姐都嫁给了穷人。我丈夫在战争中被炮弹震伤,退了伍,如果能有点经济上的资助就很好——可以让他得到很费钱的特殊治疗,否则就没办法。我向我弟弟借钱,他拒绝了。他当然有权那样做。不过以后我们就很少见面,连信也不写了。"

这个说明十分简洁扼要。

加德纳太太的个性让人钦佩,警督心中暗忖。尽管这样,他仍对她把握不准。她的冷静显得不自然,陈述事实的那种有备无患的态度也不自然。他还注意到,尽管她感到惊异,但对她弟弟的死却并未询问任何详情。这使他感到很不寻常。

"我不知道你是否想知道详细情况?——在埃克桑普顿镇。"他开口问道。

只见她眉头紧蹙起来。

"我一定非得知道不可吗?我弟弟被谋杀了——我只希望,他死得没什么痛苦才好。"

"的确是没什么痛苦,我看是这样。"

"那就别让我听这些令人恶心的详细情况吧。"

"太不自然了,"警督暗忖,"简直太不自然了。"

她也看出了他的心思,然而她说的话竟然是他对自己说过的。

"我想你以为这样不自然,警督,但是——我听过的恐怖事件可够多的了。我丈夫就对我说过他遭的那些罪——"她颤抖起来。"如果你能对我的处境有所了解,你就不会觉得奇怪了。"

"嗯,是的,是这样,加德纳太太。我来你这儿是想向你了解一些家庭内部的详细情况。"

月桂邸宅

"是吗?"

"除你之外,你弟弟有多少亲戚还活着?"

"近亲就只剩皮尔逊一家。就是我姐姐玛丽的子女。"

"他们的名字叫——"

"詹姆斯、西尔维亚和布赖恩。"

"詹姆斯吗?"

"是最大的一个,在一家保险公司工作。"

"他多大年纪?"

"二十八岁。"

"结婚没有?"

"还没有,但订了婚——跟一个很漂亮的姑娘订了婚,我还没见过她呢。"

"他的地址是——"

"西南三区,克伦威尔大街21号。"

警督做了记录。

"还有呢,加德纳太太?"

"还有就是西尔维亚了。她跟马丁·迪林结了婚——你可能读过他的作品吧。他是个小有成就的作家。"

"谢谢,他们住在什么地方?"

"住温布尔登萨里街卢克邸宅。"

"是吗?"

"最年轻的是布赖恩——不过他是在澳大利亚。我不知道他的地址,但他的哥哥和姐姐一定知道。"

"谢谢你,加德纳太太。这只是例行公事,我问一下你昨天下午的情况,你不会介意吧?"

她看上去显得很惊愕。

"让我想想看。我上街买东西——对——然后就去看画展。大约六点钟回家,直躺到吃晚饭的时候,看画展真看得我头疼。"

"谢谢你,加德纳太太。"

"还有别的问题吗?"

"没有,我看没有了。我会跟你的侄儿和侄女联系的。我不知道柯克伍德先生是否通知过你,你和三个侄儿侄女是特里维廉上校所遗财产的共同继承人。"

她脸色慢慢变红,变得绯红。

"那太好了,"她态度平静地说,"可真难哪——实在太难——老是得省吃俭用,精打细算,还得满怀希望呢。"

楼上传来一个男人吵吵嚷嚷的声音,她惊得跳了起来。

"詹尼弗、詹尼弗,你来啊。"

"对不起。"她表示歉意。

她打开门,那喊声又响了起来,声音更大而且更专横跋扈了:"詹尼弗,你在哪儿? 你来啊,詹尼弗。"

警督已经跟着她走到门边。他站在门厅里看着她跑上楼梯。

"来了,亲爱的。"她喊道。

一个从楼上下来的医院护士侧身让路:"请快到加德纳先生那儿去,他变得很激动。你总是有办法让他安静下来的。"

月桂邸宅

护士下到楼梯口，纳拉科特警督故意站在那儿不让她过去。

"我能跟你谈几句话吗？"他说，"我和加德纳太太的谈话被打断了。"

护士步履轻快地走进客厅。

"谋杀案的消息使病人很激动，"她解释道，一边把浆得很好的袖口扣上。"那个傻姑娘比阿特丽斯跑上楼去，全告诉他了。"

"实在对不起，"警督说，"都怪我不好。"

"噢，你当然不知道会这样。"护士态度文雅地说道。

"加德纳先生病得很厉害吧？"警督问道。

"真惨，"护士说，"不过说起来还没有什么实在的危险。他是由于神经受到极度刺激而导致四肢完全麻痹的。没什么明显的残疾。"

"昨天下午他是否感到特别紧张或震颤？"警督问道。

"我可不知道。"护士闻言感到有些惊讶。

"你整个下午都跟他在一起吗？"

"我原来打算这样，可是，呃——实际上，加德纳上尉却急着要我帮他去图书馆换两本书。他夫人出去时他忘了告诉她。所以，为了安慰他，我就把书拿到图书馆去换，当时他又要我帮他买一两件小东西——实际上是送给他夫人的礼物。他这样做真好，还说要在布茨店请我喝茶呢。他说护士们从来忘不了喝茶的。这是他开的小玩笑，你明白吧。我直到四点钟才出门，圣诞节前商店里可真拥挤,买了一件,又买另一件,六点钟我才回到家里。这可怜的人觉得舒畅极了。他对我说他实际上几乎一直是在睡觉。"

"加德纳太太这时也回来了吧?"

"是的,她准是已经躺下休息了。"

"她对丈夫很忠心,是吧?"

"她很崇拜他。我相信世界上的女人都愿意为他做任何事情的。很感人,跟我以前照顾过的病人大不相同,怎么啦,只是上个月才——"

但就在她即将把上个月的那件丑事说出口的当儿,纳拉科特警督巧妙地阻止了她。他看了一眼手表,大叫了一声。

"我的天,"他喊道,"我要误火车了。火车站不远吧,嗯?"

"到圣戴维站得步行三分钟。你要去的火车站是圣戴维站吧,要不你指的是女王大道站?"

"我必须跑着去了,"警督说,"请给加德纳太太说声对不起,我来不及向她告辞了。跟你谈话真愉快,护士。"

护士高傲地微微昂起头来。

"倒是个挺帅的男人,"当大门在警督身后关上时,她自言自语地说道,"真够帅的,态度又这么好,充满了同情心。"

她轻声叹了口气,转身上楼去照顾病人。

第十章　皮尔逊一家

　　纳拉科特警督下一步的行动,是向他的上司马克斯韦尔警监做汇报。

　　警监饶有兴趣地聆听着纳拉科特的叙述。

　　"这可是个大案子,"他沉思着说,"报上会有重要报道的。"

　　"我同意你的看法,长官。"

　　"我们得小心,别出错。不过我认为路子是走对了。你得赶快弄清这个詹姆斯·皮尔逊昨天下午在什么地方。你说得很对,这个姓氏相当普通,但可以查教名嘛。当然啰,他敢于这样公开签名,说明事先并没有什么考虑。不然他准是个大笨蛋。我看是吵架导致突然袭击。如果此人就是凶手,那天晚上一定听到他舅舅的死讯。如果情况属实,他干吗对谁也没说一句话就乘上午六点钟那班火车悄悄溜了呢? 不对,这看来不对劲。这整个事情肯定不会是巧合,你得赶快弄清楚。"

　　"我也是这样想的,长官。我最好乘一点四十五分的火车进城。找个时间跟这位租用上校邸宅的威利特太太谈话。这里面有些情况值得怀疑。但我眼下去不了斯塔福特村,因为大雪把路堵断了。无论如何,她不可能跟犯罪有任何直接关联。她和她的女儿实际上在谋杀案发生的当时——呃——正在跟别人一起玩转桌祈灵的游戏。还有,顺便说说,出了一件怪事——"

警督把从伯纳比少校那儿了解到的情况说了一遍。

"这真是酒后胡言,"警监脱口说道,"你居然以为这老家伙会说实话?这种故事是那些相信幽灵鬼怪的人编造出来的。"

"我相信是实话,"纳拉科特露齿一笑,"我费了许多劲才让他说出来。他可不是相信幽灵鬼怪的人,正好相反,他是个海军老兵,认为这一切全是他妈的胡说八道。"

警监点点头,表示理解。

"啊,是有点古怪,但对我们没多少帮助。"他总结道。

"那我去乘一点四十五分开往伦敦的火车吧。"

警监点头表示同意。

进城后,纳拉科特径直来到克伦威尔大街21号。得知皮尔逊先生在上班,七点钟左右肯定会回来。

纳拉科特不在意地点点头,好像这个消息对他毫无用处。"我会打电话的,"他说,"事情并不重要。"他连姓名也没留下,很快离去。

他决定不去保险公司,先上温布尔登去与马丁·迪林太太,也就是从前的西尔维亚·皮尔逊小姐会面。

卢克邸宅没有任何破败迹象。"崭新的次品",这便是纳拉科特警督的评价。

迪林太太在家。一个身着紫丁香色衣服,脸上有点

皮尔逊一家

不高兴的女仆把他让进客厅。他把官方证件交给女仆，要她送去给女主人看。

迪林太太马上就出来了，手里拿着那个证件。

"我想你是为可怜的约瑟夫舅舅而来的，"她说，"这实在令人震惊——太令人震惊了。我自己也非常怕强盗。上星期还在后门加了两个门闩，给窗户都安装了新的专利窗栓。"

警督曾从加德纳太太那儿了解到，西尔维亚·迪林年纪不过二十五岁，但看上去却有三十多岁。她身材矮小，容貌漂亮，有点贫血的样子，表情忧虑不安。她话语中流露出的些微哀怨，是人类话语中所能包含的最恼人的声音。她不让警督说话，自顾自地继续往下说道：

"但愿我能对你有所帮助。当然啰，我很乐意这样做，但是，我们以前很难见到约瑟夫舅舅。他不讨人喜欢，我敢肯定，他不是那种别人有困难就会去找他帮忙的人，老是挑剔找岔，也不是那种懂文学的人。成功——真正的成功并不总是用金钱来衡量的，警督。"

最后她终于缄口不语了，这番话对警督而言犹如打开了推测之门，这次轮到他开口了。

"你很快就得知谋杀案的消息了吧，迪林太太？"

"詹尼弗姨妈打电报给我了。"

"我明白了。"

"可是这会刊登在晚报上的。太可怕了。"

"我看最近几年你没跟你舅舅见过面吧？"

"我结婚以后只见过他两次。第二次见面时他对马丁态度很粗鲁。当然啰，他彻头彻尾是个标准的势利眼。除了体育运动什么都不关心。没有鉴赏力，我刚才说了，也不懂文学。"

"你丈夫向他借钱，而他拒绝了。"这是纳拉科特心里对情况的看法。

"这只是例行公事，迪林太太，能告诉我你昨天下午是在干什么吗？"

"我在干什么？这种说法可真怪呀，警督。我几乎整个下午都在打桥牌，来了一个朋友，我俩傍晚也在一起。我丈夫不在家。"

"他不在家吗？外出了吧？"

"参加文学聚餐会去了。"迪林太太煞有介事地说，"他跟一位美国出版商共进午餐，傍晚又去参加文学聚餐会。"

"我明白了。"

这种事情看起来极为合情合理，光明正大。

他继续问道："你弟弟在澳大利亚，是这样吧，迪林太太？"

"是的。"

"你有他的地址吗？"

"啊，有的。如果需要我可以给你找——地名很怪——我这会儿想不起来了。是在新南威尔士的某个地方。"

"呃，迪林太太，你哥哥呢？"

"吉姆吗？"

皮尔逊一家

"对,我想跟他取得联系。"

迪林太太急忙把地址告诉了他——这地址跟加德纳太太给他的完全一样。

接着,他感到彼此双方已无话可谈,便结束了这场询问。

他看了看手表,估计回到城里已是七点钟——可能是这个时间吧,他希望到时候詹姆斯·皮尔逊该回来了。

还是那位表情高傲的中年妇女打开了 21 号住宅的大门,皮尔逊先生已经回家。他在三楼,得上楼去。

那女人领着他,敲了门,用低声道歉似的口气说:"有位先生要见你,老爷。"接着便站到一旁,让警督进去。

一个身着晚礼服的年轻人站在屋子中央,他模样漂亮,如果不考虑那张软塌塌的嘴和那双目光游移不定的眼睛,甚至还可以说十分英俊。那张脸憔悴、不安,一副近来睡眠不足的样子。

警督走上前,皮尔逊疑惑地望着他。

"我是纳拉科特警督。"他开口说道,但没有再往下说。

那年轻人沙哑地叫了一声,一屁股坐到一把椅子上,双手伸开摊放在前面的桌子上,头靠在上面,嘟嘟囔囔地说:

"啊,我的天! 终于来了。"

过了一两分钟,他抬起头来说:"好了,你干吗要管这件事情呢,老兄?"

纳拉科特警督看上去出奇地呆头呆脑,一点也没有聪明的味道。

"我正在对你舅舅约瑟夫·特里维廉上校的死因进行调查。我可以问问吗,先生,你有什么情况要告诉我?"

年轻人缓缓地站起身来,声音紧张而又慢吞吞地问道:"你要——逮捕我吗?"

"不,先生,我不会逮捕。如果要逮捕你,我事先会发出警告的。把你昨天下午的活动告诉我吧。你可以回答我提出的问题,也可以不回答。"

"如果我不回答问题——这就对我不利。啊,对,我懂得你们那些小把戏的。那么你们发现我昨天下午去过那儿了吧?"

"你在旅馆登记簿上签了名,皮尔逊先生。"

"啊,我知道抵赖也没用。我是在那儿——可我干吗要在那儿呀?"

"到底在那儿干吗?"警督态度温和地问道。

"我去看舅舅。"

"是约好的吧?"

"约好的! 你这是什么意思?"

"你舅舅知道你要去吗?"

"我——不——他不知道。我是——是一时心血来潮。"

"没什么原因吗?"

"我——原因吗? 没——没有。干吗要有原因? 我——只是想去见我舅舅。"

"是这样,先生。你见到他了吗?"

　　没有回答——一阵长久的沉默。年轻人的脸上显出犹豫不决的神情。纳拉科特警督望着他，心里涌起一阵怜悯。他脸上那种显而易见的犹疑神情，会不会是对事实的默认呢？

　　吉姆·皮尔逊终于深深地吸了一口气。"我——我看还是全说了吧。是的——我是见到他了。我在火车站询问去斯塔福特村怎么走。搬运工说去不了，路上不通车。我就说事情很紧急。"

　　"很紧急？"警督小声问道。

　　"我——我很想见舅舅。"

　　"看来像是这样，先生。"

　　"搬运工仍然摇头，说去不了。我说了我舅舅的名字，他脸上的神情立马就变了，说我舅舅是在埃克桑普顿镇，还详细告诉我他租的那幢房子怎么找。"

　　"是什么时候，先生？"

　　"大概是一点钟吧。我去了旅馆——就是三王冠旅馆——订了一个房间，吃了午饭。然后我——我就出发去看我舅舅。"

　　"是紧接着马上就去的吗？"

　　"不，不是马上就去的。"

　　"什么时候去的呢？"

　　"哦——我说不上来。"

　　"三点半？四点钟？要不就是四点半？"

　　"我——我——"他说话比刚才更结结巴巴的了。"我想不会那么晚。"

"老板娘贝林太太说,你是四点半钟出去的。"

"是吗?我——我想她弄错了。我不可能那么晚才出去。"

"后来呢?"

"我找到了舅舅的房子,跟他谈了一阵,然后就回旅馆了。"

"你怎么进你舅舅家的?"

"我摁了门铃,是他给我开的门。"

"见到你他很吃惊吧?"

"是的——是的——他很吃惊。"

"你跟他在一起待了多久,皮尔逊先生?"

"一刻钟——二十分钟吧。不过你瞧,我离开时他还好端端的嘛。好端端的,我可以发誓。"

"你离开时是几点钟?"

年轻人目光下垂,话音里又透出了犹豫不决:"我记不得准确时间了。"

"我想你是记得的,皮尔逊先生。"

这句很肯定的话产生了效果。年轻人低声回答道:

"是五点一刻吧。"

"你六点差一刻回到三王冠旅馆,从你舅舅家走到旅馆最多只需要七八分钟。"

"我没有直接回旅馆,我在镇上逛了一会儿。"

"在那么冷的天气里逛——在雪地里逛?"

"当时并没有下雪,是后来才下的。"

"我明白了。你跟舅舅都谈了些什么呢?"

皮尔逊一家

"啊,没什么特别的。我只想跟老头谈谈,看看他,如此而已。"

"他撒谎可撒得不高明,"纳拉科特警督暗忖,"要是我,就不会那样撒谎了。"

他大声说道:

"很好,先生。现在我想问问你,在得知你舅舅被谋杀的消息后,你为什么没有说明自己跟死者的关系就离开了埃克桑普顿镇呢?"

"我吓坏了,"年轻人坦率地回答道,"我听说就在我离开他以后他就被谋杀了。哦,他妈的,真吓人啊,是吗?我听到消息后,就搭头班车走了。啊,我敢说,我这样告诉你真是愚蠢透顶。可你知道被吓坏是怎么回事。在这种情况下,任何人都会吓坏的。"

"就这些了吗,先生?"

"是的,是的——当然啰。"

"那么,如果你不反对的话,先生,请你帮我把你说的话记录下来,读给你听以后,你在上面签名。"

"就——就是这些了吗?"

"皮尔逊先生,我想可能要拘留你,直到侦讯结束。"

"啊,我的天!"吉姆·皮尔逊说,"有人能帮我的忙吗?"

这时门打开了,一个年轻女人走进屋里。

观察力很强的警督一眼便看出,这是个很特别的女人。她并非美艳惊人,但那张面孔特别吸引人,只要看上一眼就绝对难以忘怀。她浑身洋溢着一种精神,机敏圆滑,决心坚定却藏而不露。她震人心魄,令人不敢小觑。

"哎,吉姆,"她惊问道,"出什么事啦?"

"没什么,埃米莉,"年轻人回答道,"他们以为我谋杀了舅舅。"

"谁这么认为的?"埃米莉又问道。

年轻人朝来访者打个手势。

"这位是纳拉科特警督,"他说,然后又情绪低落地介绍道,"这位是埃米莉·特里富西斯小姐。"

"啊。"埃米莉叫道,那双浅褐色的眼睛仔细打量着纳拉科特警督。

"吉姆是个讨厌的傻瓜,"她说,"可他不会去谋杀任何人的。"

警督默然无语。

"我料到你一定说了最吓人的荒唐话。如果你读报纸认真点儿,你就会明白,在跟警察谈话前,你得找个能干的律师坐在你旁边,让他为你辩护才行,否则你就别跟他们谈。出了什么事了?你要逮捕他吗,警督?"

纳拉科特警督巧妙而又清楚地向她做解释。

"埃米莉,"年轻人哭丧着脸,"你不会相信是我干的吧?你绝不会相信的,对吗?"

"不相信,亲爱的,"埃米莉温柔地说,"当然不相信。"她又用经过深思熟虑而又文雅的口气说:"你可没有这种胆量啊。"

"我觉得世界上好像连个朋友也没有了。"吉姆哀叹道。

"不,你有朋友的,"埃米莉说,"你还有我呢。振作起来吧,吉姆,你瞧,我左手食指上的钻石在眨眼儿呢。我是你忠实的未婚妻呀。跟警督去吧,剩下的一切让我来办。"

吉姆·皮尔逊站起身来,脸上仍然是一片茫然不知所措的表情。他的大衣就搁在一把椅子上,他拿起来穿好,警督又把放在旁边一张写字台上的帽子递给他。两人朝门口走去,纳拉科特警督礼貌地告辞说:

"晚安,特里富西斯小姐。"

"再见,警督。"埃米莉亲切地说道。

如果他了解埃米莉·特里富西斯小姐,那他就会明白,在她说的话里,他会遇到强有力的挑战。

第十一章　埃米莉开始调查

星期一上午,举行了特里维廉上校尸体检验侦讯。从造成轰动效应的观点来看,这次侦讯毫无吸引人之处,原因是由于推迟了几乎一周之久,所以大多数人感到颇为失望。一周之内,埃克桑普顿镇突然名声大噪。死者的外甥被警方拘留,报界对此事不再以短小篇幅进行报道,而是用上好几个版面,还加了大号标题。星期一的埃克桑普顿镇,记者们蜂拥而至。查尔斯·恩德比先生由于送交那绝无仅有的足球赛结果有奖竞猜奖金的支票,大有收获,地位突出,因而有理由自我庆贺一番。

他有意要像条水蛭那样死缠住伯纳比少校,假称要给少校的房子拍照,获得了斯塔福特村那几位房客的情况,弄清了他们跟死者的关系。

午餐时,门边的一张小桌旁坐着一个非常迷人的姑娘,这可没有逃过他的眼睛。恩德比先生不知道她来埃克桑普顿镇有何贵干。她衣着端庄,却又异常妖冶撩人,看起来不像是死者的亲属,更不像个无所事事、好奇打探的人。

"不知道她会待多久?"恩德比先生考虑着,"可惜我今天下午要去斯塔福特。运气可真糟呀。唉,鱼肉熊掌不可兼得,没办法啊。"

然而午饭后不久,恩德比先生却大感诧异,而且又非常高兴。他正站在三王冠旅馆的台阶上,瞧着正在很快融化的积雪,欣赏着冬季柔和无力的阳光。这时,一个声音,非常迷人的声音,在跟他打招呼。

"对不起,你能否告诉我……埃克桑普顿镇有些什么地方可以观赏吗?"

查尔斯·恩德比立即抓住了这个机会。

"我想没多少好看的,"他回答道,"但有个城堡,就在那儿。也许你能让我跟你一块儿去看吧。"

"你真是太好了。"那姑娘说,"你不是很忙吧——"

查尔斯·恩德比马上回答说不忙。于是两人便结伴前往。

"你是恩德比先生吧,是吗?"姑娘问道。

"是的,你怎么会知道的?"

"贝林太太把你指点给我看过。"

"哦,我明白了。"

"我名叫埃米莉·特里富西斯。我想请你帮个忙。"

"帮个忙?"恩德比说,"怎么啦,肯定是——不过……"

"你知道吧,我是跟吉姆·皮尔逊订了婚的。"

"噢。"恩德比说,他那新闻记者的本能又使他想到了种种可能性。

"警察要逮捕他,我知道他们会这样。恩德比先生,我知道吉姆并没有搞谋杀。我到这儿来就是要证明他没那样做。但我得有个帮手才行。没个男人做帮手是办不好事情的。男人们见多识广，能够用各种手段了解情况，这些手段女人是绝不可能用的啊。"

"呃，我……是的，我想你说得对极了。"恩德比先生颇为自负地说道。

"我今天一上午都在观察那些个新闻记者，"埃米莉说，"其中许多人都是一副蠢相，我选中了你，你是他们当中真正聪明机智的一个，"

"啊，真的呀。我想你说得不对吧。你瞧瞧看。"恩德比先生显得更自负不凡了。

"我的意思是，"埃米莉·特里富西斯说，"某种伙伴关系。这对彼此都有利，我想调查某些情况——就是想弄清楚。你的新闻记者本能可以帮我的忙。我想……"

埃米莉打住话头，她真正的打算是要恩德比作她的私人侦探。让他去哪儿他就去哪儿，去问她想问的问题，总的来说就像个契约奴隶吧。但她心里明白，提这个建议时必须措辞恰当，需要吹捧一番，使他心里高兴才行。要点在于她是老板，要办到这一点就非得要点手腕不可。

"我想，"埃米莉说，"我应该能够依靠你吧。"

她的声音异常甜美，清晰动人。刚说完最后这句话，恩德比先生的心里就涌起了一种感觉，他认为这个天真可爱、孤立无助的姑娘是完全可以依靠他的。

"这是说哪儿的话啊？"恩德比一边说，一边握住她的手，热情地捏了一下。

"可你知道，"他那新闻记者的本能反应又涌上了心头，"我的时间并不完全由我自己支配。我是说，人家让我上哪儿,我就得上哪儿。就是这样儿呗。"

"是的,"埃米莉说,"我也考虑过这一点,而我则正好要利用这一点。我肯定是你们所谓的'独家新闻'吧,是吗?你每天都可以采访我,可以让我说读者喜欢了解的任何情况,譬如说,吉姆·皮尔逊的未婚妻啦、热情相信他是无辜的啦、她所提供的他幼年的回忆啦,如此等等。不过你瞧,我还真不了解他童年时代是怎么回事儿呢。"她又补充道:"可那没什么关系。"

"我想你可真是棒极了,"恩德比先生说,"实在是了不起呀。"

"那么,"埃米莉开始利用自己的优势。"我可以自然而然地跟吉姆的亲属打交道,可以让你作为朋友跟我一块儿去,不然你就会吃闭门羹的。"

"我对这一点可是清楚得很,一点也不含糊。"恩德比先生动了感情,他想起了以往所遇到的种种不顺利。

此刻他眼前展现出一片辉煌的前景。整个这件事上他运气还挺不错的。上回是送足球赛结果有奖竞猜奖金,眼下又来了另外一次机会。

"做个交易吧。"他热情地说。

"好呀,"埃米莉变得兴致勃勃,极其认真,"嗯,下一步该做什么呢?"

他向她解释道,由于自己跟伯纳比的这层关系,他才得以跻身于这个有利的地位。"因为,你可得注意,他是那种老顽固,对新闻记者恨之入骨。不过,我刚交给他一张五千英镑的支票,他就不好断然拒绝了,对吧?"

"如果断然拒绝,那双方都会感到尴尬。"埃米莉说,"行了,如果你要去斯塔福特,那我就跟你去吧。"

"太好了,"恩德比先生说,"不过,我不知道那儿有没有地方可住。就我所知,只有斯塔福特邸宅,还有几间属于伯纳比这种人的房子。"

"会找到住处的,"埃米莉说,"会找到的。"

对这一点恩德比先生倒很相信。埃米莉的个性能使她成功地跨过一切障碍。

此刻他俩已经来到城堡废墟,却根本未去观赏。在软弱无力的阳光下,他俩坐在一截城墙上面,埃米莉继续说明她的想法。

"我是这样看的,恩德比先生,完全是不带感情而且是很认真的态度。你必须一开始就相信我所说的话,吉姆没有搞谋杀。并不是因为我爱他,或者相信他的美好天性什么的,我就如此简单地下结论。我讲的只是——真实的情况。我从十六岁开始就独立思考,而且很少跟女人打交道,所以不了解她们,但我倒很了解男人。如果一个姑娘对一个年轻男人把握不住,不知道自己要应付一些什么样的情况,那她就绝对办不好事情。不过我倒能办好事情。我在露西那儿当模特儿,我可以告诉你,恩德比先生,能做到那程度简直就是本事了。

"嗯,就像我说的,我能很准确地把握男人。吉姆在许多方面性格软弱,我不明白,"埃米莉说,一时忘了应该赞美坚强的男性,"我是否正因此而喜欢他?就是那种可以驾驭他,使他获得成功的感觉。如果给逼急了,他可能会犯一些小过失，但不会搞谋杀。他根本就不可能拿起铁管子，朝老人家的后脑勺狠砸的。他只会玩板球，而且还打不准。恩德比先生，他实在是个文雅得过了头的可怜虫啊！甚至连弄死一只黄蜂也不会的。他只知道驱赶，不忍心去伤害，常常给螫得够呛。可我这样说有什么用啊！你必须相信我所说的话，吉姆是无辜的。"

"你认为有人想把谋杀的罪名栽到他头上吗？"恩德比先生问道，态度极好，非常职业化。

"我倒不这样认为，你瞧，没人知道吉姆曾经来拜访过他舅舅。当然啰，这也说不定，我认为不过是巧合，是运气太坏罢了。我们必须找出有谋杀动机的某个人。警方很肯定地认为不是'外人'干的——也就是说，不是强盗的所作所为。破窗而入是故布疑阵。"

"警方是这样对你说的吗？"

"实际上就是这样。"埃米莉回答道。

"你说的实际上到底是什么意思？"

"是女仆告诉我的，她的姐夫是格雷夫斯警士。所以，当然啰，警方的想法她全知道。"

"很好，"恩德比先生说，"不是外人干的，那就是亲戚或朋友干的。"

"正是这样，"埃米莉说，"警方——就是纳拉科特警督，我敢说，是个心智相当健全的人，他已经着手调查谁会因特里维廉上校之死而受益。因为吉姆当时离案发地点不远，所以他们就不愿再费神调查下去了。哎，我们可得继续调查下去啊！"

"这就是真格的独家新闻了,"恩德比先生说,"如果我们找到了真正的凶手,《每日电讯报》的犯罪专家——别人就会这样称呼我啦。可这不太可能呀。"他又若有所思地说:"那种事情不过是小说情节罢了。"

"胡说,"埃米莉力表反对,"我就能让它变成事实。"

"你可真是了不起。"恩德比再次赞扬道。

埃米莉拿出一个小笔记本。

"现在我们来把事情顺序写下来。有吉姆本人,他的弟弟和妹妹,还有詹尼弗姨妈,他们都因为特里维廉上校之死而获得同样的好处。当然啰,吉姆的妹妹西尔维亚是连只苍蝇也不敢弄死的,可她丈夫就说不准了,按我的说法,他是个最地道的暴徒。你知道吧,是个有艺术趣味的暴徒,总是跟女人闹出风流韵事来——如此等等。很可能经济拮据。那份钱事实上归西尔维亚所有,这对他没什么关系。他很快就会从她那儿把钱弄到手的。"

"看来他是个使人非常不愉快的家伙。"恩德比先生说道。

"噢,是的。漂亮得邪门。跟女人们躲在屋角谈论性关系。真正的男人可恨死他了。"

"好吧,这是头号怀疑对象,"恩德比先生说,又在笔记本上做了记录,"调查他星期五那天的活动——这很容易,就装成对这位跟被害者有关的通俗小说家进行采访吧。行吗?"

"太好了,"埃米莉说,"接下来是布赖恩,就是吉姆的弟弟。他在澳大利亚,可要回来也很容易。我的意思是,人们办事情有时候是不声张的。"

"也许可以给他发个电报吧?"

"好。我认为詹尼弗姨妈可以排除。我无论在哪儿都听说她为人相当不错,很有个性。不过,她住得并不太远,就在埃克塞特。她也许会来看她弟弟,她弟弟可能说了她丈夫的坏话,她一时性起就用铁管子砸死了他。"

"你真这么认为吗?"恩德比先生疑惑地问道。

"不,别当真。不过也难说。接下来就是那位海军传令兵了。按遗嘱他该获得一百英镑,看来没问题。不过仍然是那句老话,难说。他妻子是贝林太太的侄女。贝林太太就是三王冠旅馆的老板娘。我回去后会伏在她肩膀上痛哭流涕的。她是个母爱十足又挺开朗的人。如果我的未婚夫要被关进监狱,我想她会感到非常难过,会说漏了嘴,讲出些什么情况来。再就是斯塔福特邸宅。那邸宅让我觉得不对劲,你知道吗?"

"不知道,哪儿不对劲呀?"

"那些房客呗,就是威利特母女俩。隆冬时节租了特里维廉上校刚装修好的房子。这件事情可真够古怪的。"

"是的,是很古怪,"恩德比先生同意道,"这当中可能有什么名堂,跟特里维廉上校的过去有瓜葛。"

"那转桌祈灵的事情也很古怪,"他又说道,"我正想给报纸写篇文章,还就此事咨询过奥利弗·洛奇爵士和阿瑟·柯南道尔爵士以及几个女演员。"

"转桌祈灵是怎么回事?"

恩德比先生饶有兴趣地把转桌祈灵的情况说了一

遍。凡是跟谋杀案有关的任何事情,他都会想方设法打听到的。

"有点古怪,是吧?"他说,"我的意见是这件事让你费思量,就是这么着。这件事可能有问题。我可是生平头一遭碰到这么古怪的事情。"

埃米莉微微打了个冷战。"我讨厌那些迷信玩意儿,"她说,"只消一次,正像你说的那样,就知道其中必定有问题。可这一次是多么可怕啊!"

"转桌祈灵那件事是绝对不会起什么作用的,对吧?如果那老头不是嫌疑,而且说特里维廉死了,那他为什么说不出是谁谋杀了他呢?这应该是非常简单的嘛。"

"我觉得斯塔福特可能有线索。"埃米莉若有所思地说道。

"对,我也觉得该上那儿去作彻底调查。"恩德比说,"我租了一辆车,半小时后就上那儿去。你最好跟我一道去吧。"

"好的,"埃米莉说,"伯纳比少校怎么办呢?"

"他准备步行去,"恩德比说,"侦讯刚刚结束,他就走了。如果你要问我,那我就告诉你好了,他不要我陪他去。没人会愿意在这些泥淖冰水里步行的。"

"汽车没问题吧?"

"噢,没问题。星期五就已经通车了。"

"好吧,"埃米莉一边说一边站起身来,"我们该回三王冠旅馆了。我把手提箱收拾好,然后就在贝林太太的肩头上假哭一番。"

"别担心，"恩德比先生非常笨拙地说道，"剩下的事交给我吧。"

"我就是这样想的，"埃米莉说，显然一点诚意也没有，"有个人能依靠真是太好了。"

埃米莉·特里富西斯的确是个年轻有为的女人。

第十二章　逮捕

回到三王冠旅馆,埃米莉碰巧在门廊里遇见贝林太太。

"啊,贝林太太!"她叫道,"我今天下午就要走了。"

"是啊,小姐,乘四点钟开往埃克赛特的火车吧?"

"不是,我要去斯塔福特村。"

"去斯塔福特村?"

贝林太太脸上露出极为好奇的神情。

"是的,我想问你是否知道在哪儿可以投宿?"

"你想在那儿住下来吗?"

贝林太太的好奇心有增无减。

"是的——噢,贝林太太,我能在哪儿私下里跟你说几句话吗?"

贝林太太欣然应允,带她进了自己的私室。这是个小小的房间,壁炉里火烧得很旺。

"你不会告诉别人的,是吗?"埃米莉开口说道,她心里明白,这句开场白会激起贝林太太的兴趣和同情心。

"不会,真的,小姐,我不会说出去的。"贝林太太那双深色的眸子显得兴趣盎然。

"你瞧,皮尔逊先生——你知道的——"

"是那位星期五在这儿住过的年轻人吗? 警察把他

抓起来了。"

"抓起来了？你真的是说他被逮捕了?"

"是的,小姐,半小时以前被逮捕的。"

埃米莉的脸色霎时间变得一片惨白。

"你能肯定吗?"

"噢,能肯定,小姐。我们的艾米从警佐那儿听到的。"

"太可怕了。"埃米莉说,她料定必有这种结果,不过这种预料却于事无补,"你瞧,贝林太太,我——我跟他是订了婚的。他没有那样干,我的天,这真是太可怕了。"

埃米莉说着便哭泣起来。今天早些时候,她曾对查尔斯·恩德比说过她会哭泣,但她吃惊地发现,自己的眼泪竟然抑制不住地滚滚而下。痛痛快快地大哭是很令人难堪的。眼泪之后会吐露真情。她是吓坏了,但不能真正灰心丧气啊!这对吉姆是无济于事的。这场赌博需要的是决心、逻辑和心明眼亮这样的品质。失声痛哭绝对没用。

然而,哭一哭倒也能使自己的紧张情绪缓和下来。毕竟她也曾料到自己会哭泣的。这能使贝林太太发善心,伸出援助之手来。那干吗不能痛快快地大哭一场呢?痛哭一场能使她心中所有的烦恼、疑惑和莫名的恐惧烟消云散,宣泄殆尽。

"好了,好了,亲爱的,别哭了。"贝林太太安慰道,她用自己那双硕大厚实的手臂温存地搂着埃米莉,抚慰地轻轻拍着。

"打从头开始我就认为不是他干的,他可是个好端端的年轻人呀。警察准是昏了头吧,我早就说过了。好了,别烦恼了,亲爱的,一切都会好的,会好的,相信我吧。"

"我太喜欢吉姆了。"埃米莉仍然泪眼模糊。

"亲爱的吉姆,亲爱的甜心肝儿,你可真孩子气十足,又无计可施,而且又多么不切实际啊! 吉姆,竟然在不合时宜的时间和场合干出那不合时宜的事来。要对付那位不动声色,稳妥干练的纳拉科特警督,你能有什么办法?"

"我们得救救他啊!"她依旧哭泣不止。

"当然啰,我们会的,当然会的。"贝林太太一个劲儿地安慰她。

埃米莉使劲擦擦眼睛,又抽泣了一声,才抬起头来厉声问道:

"我在斯塔福特村能住什么地方?"

"去斯塔福特村? 你准备上那儿去吗,亲爱的?"

"是的。"埃米莉使劲点点头。

"啊,想起来了,"经过一番慎重考虑,贝林太太说道,"只有一个地方可以住。斯塔福特村没什么地方好待,只有那幢大房子。特里维廉上校租给从南非来的那位太太了。还有他修建的六幢小平房,5 号房住的是柯蒂斯,从前他是斯塔福特邸宅的园丁,还有他的夫人柯蒂斯太太。她常在夏天出租那幢平房,这得到了上校的认可。没别的地方可住,情况就是这样。那儿有一家铁匠铺和邮局,可玛丽·希伯特有六个孩子,她弟媳也住在那儿。这铁匠的老婆又快生第八胎了,所以那儿是连一个屋角也没法让人落脚的。可你怎么去得了斯塔福特村呢,小姐? 你租了车吗?"

"我坐恩德比先生的车去。"

"哦,那他能在哪儿住呢?"

"我想他也只能住柯蒂斯太太家,她有两间屋让我们住吗?"

"我看不太适合像你这样的年轻小姐。"贝林太太回答道。

"他是我的表哥呀!"埃米莉说道。

她觉得贝林太太心里并不是在考虑合适与否的问题。

老板娘的眉头终于舒展开来。"呃,那你就好办了,"她不情愿地说,"如果住柯蒂斯太太那儿不舒服,会让你们去住那幢大邸宅的。"

"实在对不起,我真是傻透了。"埃米莉一边说,一边又擦擦眼睛。

"这不奇怪,亲爱的,你现在好受多了。"

"是的,"埃米莉这下说了实话,"我觉得好多了。"

"哭一顿,再喝杯茶,这就没事了。你马上喝杯热茶吧,亲爱的,乘车去那儿可冷哪。"

"噢,谢谢你,我确实不想——"

"别去想什么了,喝了这杯茶吧。"贝林太太态度坚决地说道,站起身来朝大门走去,"你告诉阿米莉亚·柯蒂斯,就说我要她好好儿照顾你,给你做好吃的,要保证你不烦恼。"

"你真好。"埃米莉道。

"我还会在这儿睁开眼睛好好看着,"贝林太太说,"我听到的任何一丁点儿的情况警察是绝对不会知道的,我会马上把这些情况通知你的,小姐。"

"真的吗?"

"我会的。别担心,亲爱的,我们很快就能让你那位年轻人解脱麻烦。"

"我得去收拾行李了。"埃米莉站起身来。

"我叫人把茶给你送去。"贝林太太说道。

埃米莉上了楼,把随身用品放进手提箱,又用凉水洗过眼睛,往脸上擦了些粉。

"你可出洋相了。"她对着镜子里的自己叫道,又往脸上擦了些粉,抹了点胭脂。

"奇怪呀,"埃米莉说,"我居然觉得好受多了。变成这副模样也划算。"

她摁了铃。那位女仆,也就是格雷夫斯警士的充满同情心的小姨妹,立刻就来了。埃米莉塞给她一张一英镑的钞票,态度认真地求她把从警察圈子里听到的消息都告诉她。那姑娘马上就答应了。

"到斯塔福特村的柯蒂斯太太那儿去吗?我会帮你办这件事的,小姐。我们大家都特别同情你,小姐,我说不出有多么同情你。我还一直对自己说'如果事情发生在你和弗雷德身上会怎么样'呢。哪怕只有一丁点儿消息我也会告诉你的,小姐。"

"你真是个天使。"埃米莉说道。

"我前天在伍尔沃思廉价商店买了一本六便士的书，名叫《赛林加谋杀案》。你可不知道他们是怎么找到真正的杀人凶手的，小姐。就靠一点普通的封蜡。你先生很漂亮，是吗，小姐？不像报上登的照片吧？我肯定会为你和他尽力而为的，小姐。"

就这样，埃米莉以三王冠旅馆众人瞩目的身份离去，行前还喝了一杯贝林太太送来的热茶。

"记住，"当老掉牙的福特牌汽车上路时，埃米莉对恩德比说道，"你是我的表哥，可别忘了。"

"为什么呢？"

"乡下人的心思可纯洁得很呢，"埃米莉说，"我想那样好些。"

"如果是这样就妙极了，"恩德比先生不失时机地说道，"我最好就叫你埃米莉得了。"

"好啊，表哥——你叫什么名字来着？"

"查尔斯呗。"

"好啊，查尔斯。"

汽车向斯塔福特村疾驰而去。

第十三章　斯塔福特村

第一眼见到斯塔福特村时，埃米莉兴奋不已。

出埃克桑普顿镇才两英里，汽车就驶离公路，拐上了路面粗糙的高沼地小路，一直开到位于高沼地边缘的这个小村子。经过一家铁匠铺和一个兼营糖果生意的邮局，驶入一条小巷，来到一排花岗岩建造的小平房前面。汽车在这排小平房的第二幢前面停住，司机说柯蒂斯太太家到了。

柯蒂斯太太是个矮小瘦削、头发灰白的女人，精力充沛，十分干练。谋杀案的消息今天上午才传到斯塔福特村，她由于好奇而十分激动。

"是的，当然啰，你可以住这儿，小姐。你表哥也可以住在这儿。不过，得等我把一些破旧家什拾掇拾掇才行。跟我们一起吃饭怎么样？唉，谁会相信呢？特里维廉上校竟然被人谋杀了！还要搞侦讯什么的。从星期五上午开始，我们这儿就跟外界断了联系，今天上午听到消息，可把我吓的，你用一根鸡毛也能把我打倒在地。'上校死了'，我对柯蒂斯说，'那说明这个世界还有弱点啊！'我干吗要对你唠叨这些，小姐？进来吧，还有那位先生。我已经把水壶烧上了，马上就能喝到热茶。坐这么一长段路的车，你们准是累得够呛吧，幸好天气比较暖和了。这儿到处都是十来英尺厚的积雪呢。"

在这滔滔不绝的一通长谈里,埃米莉和查尔斯·恩德比被带到他们各自的新居里。埃米莉住一小间方形的屋子,窗外是斯塔福特灯塔山的斜坡。查尔斯的小房间是长条形的,朝向跟邸宅的大门一样,里面安放着一张床,一个橱柜,还有一个洗脸架。

司机已经把查尔斯的手提箱搁到床上。他付了钱,并表示感谢。"最伟大的事情莫过于,"他说,"我们已经到达这儿,再过一会儿我们就能了解斯塔福特村所有人的情况,不然你就砍我脑袋好了。"

十分钟之后,他俩已经在温暖舒适的厨房里坐下,被介绍给了柯蒂斯。这老头面貌粗陋,头发灰白,跟他们一道猛喝浓茶,大吃奶油面包、德文郡乳酪和煮鸡蛋。他俩一边吃喝,一边听老头和老太婆讲话。不到半小时,这个小村子里居民的情况,他们就了解得八九不离十了。

首先是珀西豪斯小姐的情况,她住在 4 号平房,是个年龄不明、性情乖张的老处女,六年前搬到这儿来度晚年。这是何蒂斯太太的说法。

"信不信由你,小姐,斯塔福特村空气太新鲜了,她来以后身体就渐渐好起来。这儿的空气对肺部相当好。"

"珀西豪斯小姐有个侄儿,他不时来看她,"柯蒂斯太太继续说道,"眼下就跟她在一起,他的目的是别让钱被外人骗走,就是这样儿。每年的这个时候都得待在这儿,这对年轻人来说实在太枯燥乏味。不过,寻欢作乐可有的是办法,他待在这儿对斯塔福特邸宅的那位年轻小姐可真是天赐良机呀。可怜的小东西,想想看吧,隆冬时节给禁锢在那座兵营式的房子里。这可不是滋味啊!有些做母亲的也太自私了。那可是位很漂亮的小姐呢。罗纳德·加菲尔德先生只是有空才上那儿去,想尽量不要冷落了珀西豪斯小姐。"

查尔斯·恩德比和埃米莉互相递了个眼色。查尔斯想起来了,罗纳德·加菲尔德就是玩转桌祈灵游戏的那群人当中的一个。

"我这边的平房是6号,"柯蒂斯太太说,"刚刚被人租用,是个名叫杜克的先生,如果你能称他为先生的话。这可说不准。如今不同往昔了,大家也不讲究,没有会在意那些个事情的。他在这儿可自由得很,开心极了。是个有些腼腆的先生——从外表上看也许是从军队里退役的,不过却没有军人风度。不像伯纳比少校,你只消瞧上一眼准知道他是个军人。

"住3号平房的是里克罗夫特先生,有点上年纪了。人们说他常到荒山野岭去为大英博物馆抓鸟儿。听说是个博物学家。只要天气好,他就整天价在地里忙乎。他的书可是又多又好,像个图书馆哩。他那幢平房里全是满架满架的书。

"住2号平房的是怀亚特,是个负过伤的上尉,有个印度仆人。他怪可怜的,受不了这份冻,是这样。我说的是那个仆人,不是上尉。从气候温暖的外国来到这儿,可不奇怪。他们把那幢房子烧得可真热啊,那劲头准能吓坏你的。简直像个烤面包的炉子。

斯塔福特村

"住1号平房的是伯纳比少校,他独个儿住,我清早去帮他干点家务活。他很整洁,非常挑剔。跟特里维廉上校可以说是穿一条裤子的,一辈子的好朋友啦。他俩的屋里都有从外国弄来的那些个野兽头。

"至于威利特太太和威利特小姐,那就说不准了。很有钱。跟埃克桑普顿镇的阿莫斯·派克公司打交道,据说每星期都要订购八九英镑以上的货。买的鸡蛋多得让你难以置信。女仆是从埃克塞特带过来的,可那些女仆不喜欢这地方,都想走。我可不想责怪她们。威利特太太每星期都要开车送她们去埃克塞特,再加上日子过得不赖,她们也就同意留下来了。如果你问我,我就说这事情可真蹊跷,这么漂亮的太太居然会在这乡野去处闭门谢客。啊,啊,我们把这些茶具收拾好吧。"

她停住话头,深深地吸了一口气,查尔斯和埃米莉也得到了片刻的歇息。她的讲述犹如急流泻地,随即又戛然而止,简直令人应接不暇。

查尔斯终于鼓起勇气提了一个问题。

"伯纳比少校回来了吗?"他问道。

柯蒂斯太太拿着茶盘的手停住了。"是的,他确实是回来了,先生。在你们到达之前半小时回来的,是步行回来的。'怎么啦,先生,'我对他叫道,'你可是从埃克桑普顿镇步行回来的吧?'可他跟往常那样冷冷地回答道:'干吗不步行回来?既然一个人长着两条腿,那就完全可以不必乘车。我每星期都要这么走一遭,这你知道,柯蒂斯太太。''哦,是的,先生,但现在可不一样。又是谋杀案,又是侦讯,受了那么大的震惊,你居然还能步行回来,这可真让人料想不到哇,了不起。'可他只哼了一声,又继续往前走。他看上去脸色不好。星期五晚上他到底硬挺住了,都这把年纪了,真够有胆量,居然在暴风雪里步行三英里地。不管怎么说,今儿个年轻人可绝比不上那些老家伙了。我看那位罗纳德·加菲尔德先生绝对办不到。邮局的希伯特太太也这么想来着,还有那位铁匠庞德先生也是这么个看法,认为加菲尔德先生不该让他那样独个儿就走着去。他应该陪他一块儿去才是。如果伯纳比少校在暴风雪里失踪,人人都会责怪加菲尔德先生的。事情就是这样儿。"

她洋洋得意地走进盥洗室,弄得茶具一阵叮当作响。

柯蒂斯先生沉思着,把那只旧烟斗从嘴巴的右角移到左角。

"女人嘛,"他说,"就会饶舌。"

他停了一会儿,又嘟囔了一句。

"她们自己说的话有一半连自己也莫名其妙,不知所云。"

对这个评判,埃米莉和查尔斯都不置可否。看他不再说了,查尔斯方才赞赏地小声说道:

"有道理——是的,太有道理了。"

"噢。"柯蒂斯先生刚开口,旋即又顿住,看上去十分高兴,继而又沉思默想起来。

查尔斯站起身来。"我想去看看老伯纳比,"他说,"告诉他明天上午有摄影展览。"

"我跟你去吧，"埃米莉说，"我想知道他对吉姆是个什么看法，对案件究竟是怎么想的。"

"你带了胶靴吗？外面泥泞得很。"

"我在埃克桑普顿镇买了一双韦林顿牌长筒鞋。"埃米莉说道。

"你可真实在，什么都考虑到了。"

"不幸得很，"埃米莉说，"要找出凶手，这可帮不了多大的忙，反倒可以帮助一个人去搞谋杀呢。"她脸上是一副若有所思的模样。

"哎，可别谋杀我啊。"恩德比先生说道。

他俩刚一起出去，柯蒂斯太太马上就回到客厅里。

"他们拐进少校家去了。"柯蒂斯先生说道。

"唔，"柯蒂斯太太说，"呃，你怎么想的？他们是一对儿，在谈情说爱是吧？人家说表亲通婚坏处可大了。生下的孩子不是聋子，就是哑巴，而且弱智，尽是些邪门儿。他挺恋她的，只瞧一眼就明白了。可她呢，城府可深得很啦，就像我姑婆萨拉的女儿贝林达一样，自有一套对付男人的办法。眼下我不知道她的打算。你明白我的意思吗，柯蒂斯？"

柯蒂斯先生哼了一声。

"我一准相信，警方说怀疑犯了谋杀罪的那位年轻先生才是她中意的人。她上这儿来是为了打探消息，看能不能查出什么名堂来。你听着，"柯蒂斯太太一边说，一边把瓷器弄得叮当作响，"只要有情况她就准能打探得到。"

第十四章　威利特母女俩

　　就在查尔斯和埃米莉出发去见伯纳比少校的同一时刻,纳拉科特警督正坐在斯塔福特邸宅的客厅里,殚精竭虑地要对威利特太太得出一个印象来。

　　由于道路不通,他直到今天上午方才来访,心里不知道会了解到一些什么样的情况。不过可以肯定,他要了解的绝非那些洞悉在心的陈题旧事。这次会面不是由他,而是由威利特太太执牛耳。

　　她急匆匆地走进客厅,纯粹一副既认真又注重实效的样子。他眼前的这个女人身材高大,面容清癯,目光炯炯。只见她身披一件精工编织的丝质套衫,作为乡野穿着,这件套衫显得不合时宜。那腿上是一双十分昂贵的薄丝长袜,脚上则是一双高级皮高跟鞋。手指上佩戴着几只值钱的戒指,全都嵌有大颗质地极好的贵重仿形珍珠。

　　"你是纳拉科特警督吧?"威利特太太说,"你到这儿来是最自然不过的事情。这场悲剧真令人惊骇。我简直都不敢相信是真的。我们今天早上才听到消息,你知道吧。每个人都吓坏了。请坐,警督。这是我女儿维奥莱特。"

　　那姑娘是跟在威利特太太身后进来的,他没有注意

威利特母女俩

到。这是个非常漂亮的姑娘,高挑身段,金发碧眼。

威利特太太自顾自坐了下来。

"我能帮你什么忙吗,警督? 我对可怜的特里维廉上校并不了解。不过你如果认为有些什么——"

警督缓慢地说道:

"谢谢你,太太。当然啰,什么情况有用,什么情况没用,这可是任谁也说不清的。"

"我很理解。这屋子里可能会有什么东西可以为这件惨案提供线索,但我倒怀疑是否真有这种东西。特里维廉上校把所有个人的物品全搬走了。这些鱼线啦什么的,他倒不担心我会弄坏,可怜的老兄。"

她莞尔一笑。

"你跟他不熟吗?"

"你指的是租房以前吧? 啊,是不熟。我曾经几次邀请他到这儿来,可他就是不来。害臊羞怯得要命,可怜的人。这对他可不好。这种人我见得多了。人们管他们叫忌恨女性者,还有一大堆蠢名称,其实不过就是害臊羞怯罢了。如果我能跟他有交往的话,"威利特太太说这话似乎是下了决心的,"我就能把这些废话都给堵住。像他那样的男人实际上只希望能有个人把他们带到社交圈里来。"

对特里维廉上校向房客采取如此极端的退避姿态,纳拉科特警督有点明白个中原委了。

"我们母女俩一块儿邀请他的,"威利特太太继续说道,"是吗,维奥莱特?"

"哦,是的,妈妈。"

"他内心深处可是个真正纯朴的海员哪,"威利特太太说,"每个女人都会喜欢海员的,纳拉科特警督。"

纳拉科特这下可算明白过来了,到现在为止,这场谈话完全由威利特太太主导着。他认为这个女人是绝顶聪明的,也许就天真得如她所表现的那样,不过从另外一方面看来,也许又并非如此。

"我想了解的情况重点在于——"他顿住了。

"是吗,警督?"

"是伯纳比少校发现了尸体,这你可以肯定。他之所以会发现尸体,是由于这屋里出了一件事。"

"你是说……"

"我指的就是转桌祈灵那件事。请原谅——"

他猛地转过身来。

只听那姑娘发出一声微弱的叫喊。

"可怜的维奥莱特,"她母亲说道,"当时她就感到非常不安——我们大家全都感到非常不安。可绝对说不出是什么原因。我并不迷信,但这实在是最难以名状的心情。"

"当时你们真有这种感觉吗?"

威利特太太睁圆了眼睛。

"有,当然有哇。当时我以为是开玩笑——是最狠心的玩笑,而且太低级趣味了。我怀疑是那个名叫罗纳德·加菲尔德的年轻人干的——"

"噢,不是他,妈妈。我相信不是他开的玩笑。他发誓说他绝对没有那样干。"

"我说的是我当时的想法,维奥莱特。除了笑话,谁还会想到别的什么吗?"

"真奇怪啊,"警督慢吞吞地说道,"你当时觉得很不安吗,威利特太太?"

"我们大家都感到很不安,在那以前,大家都在开心地胡闹。这种情况你是知道的。冬天的傍晚大家欢闹一阵吧。后来,突然之间,就有人开了这个玩笑!我生气极了。"

"生气?"

"呃,这很自然嘛。我认为是有人故意这样干的——故意开这样的玩笑。"

"现在呢?"

"什么现在?"

"就是你现在有何想法?"

威利特太太富有表情地双手一摊。

"我不知道该有什么想法才好。这——这实在怪诞极了。"

"你怎么想呢,维奥莱特小姐?"

"我?"

姑娘回答道:

"我——我不知道。我绝对不会忘记的。我现在甚至连做梦也会梦见。我将来可再也不敢玩转桌祈灵这种游戏了。"

"我想里克罗夫特先生会说这是真的,"她母亲说道,"他就相信那些个事情,连我也想相信了呢。如果不是从精灵鬼怪那儿传来的真实口信,那还能有什么别的解释呢?"

警督摇着头。转桌祈灵这件事不过是他借以转移她们注意力的话题罢了。他说的下一句话听起来更是漫不经心的。

"你不认为这儿的冬天非常凄凉吗,威利特太太?"

"哎,我们可喜欢了。这能换换口味嘛。我们是从南非来的,你知道。"

她的语气非常轻松,极其普通,一点也没有什么特别的味道。

"真的? 是南非哪个地方?"

"噢,是开普顿。维奥莱特以前从没来过英国。她对英国着迷了——认为雪很有诗意,而这房子也非常舒适。"

"你们为什么要来这儿呢?"他的语气里含着一丝好奇的味道。

"我们读过许多论述德文郡,特别是达特穆尔的书。我们在船上读的那本——全是关于维特科姆展览会的内容。我一直想看看达特穆尔是个什么样儿。"

"为什么要在埃克桑普顿镇安顿下来呢? 这可不是有名的小镇啊。"

"唔——我告诉过你,我们读过这些书,船上有个年轻人在谈论埃克桑普顿镇——他对埃克桑普顿镇很有感情。"

"他叫什么名字啊?"警督问道,"他也是从英国去的吗?"

"呃,他叫什么名字来着? 是叫卡伦吧,我想。不对,是叫斯迈思。我真够糊涂的。我实在是记不清了。你知道乘船是怎么回事的,警督。你跟同船的人都混熟了,还打算将来再见面呢——可是上岸才一个星期,你就连他们的姓名也记不起来了。"

她笑了起来。

"可他真是个好小伙子——红头发,不漂亮,但笑起来确实很可爱。"

"这就使你下决心在这儿租幢房子了吗?"警督问道,淡然一笑。

"是的,我们该不是有点发神经吧?"

"精明之极,"纳拉科特警督暗忖,"绝顶精明。"他开始领悟到威利特太太的方法了,她总是将战火烧到敌国的领土上去。

"于是你就写信给代理商,询问有关房子的情况吗?"

"是的。他们送来了有关斯塔福特邸宅的详细情况。看来正合我们的意。"

"如果是我的话,这个时节就不合意了。"警督说,又笑了笑。

"我敢说如果我们以前就住在英国,这也会合我们的意的。"威利特太太爽朗地说道。

警督站起身来。

"要写信到埃克桑普顿镇,可你怎么知道代理商的名字呢?"他问道,"这肯定很难吧。"

谈话头一次停顿下来。他自信看出了威利特太太眼神里的不安,甚至愤怒。这个问题她未曾料到,只得转身向女儿问道:

"我们是怎么知道的,维奥莱特? 我想不起来了。"

姑娘的眼神则大不相同,是害怕。

"哦,当然啰,"威利特太太说,"是通过德尔弗里奇,就是他们的问讯处。真精彩呀! 我向来就喜欢上那儿去进行咨询的。我问这儿最好的代理商叫什么名字,他们就告诉我了。"

"反应可真快,"警督暗自思量,"快极了,不过还不够快。我可问住你了,太太。"

他把房子各处草草检查了一遍,没发现什么特别的情况。没有文件,抽屉和橱柜也没上锁。

威利特太太一边陪着他,一边兴高采烈地谈着。他向她告辞,客气地表示谢意。

正要离去时,他一眼瞥见威利特太太身后那姑娘的脸。错不了,那脸上是一副害怕的表情。

他在她脸上看到的确实是害怕的表情。她以为没人看见,可就是在那一刹那间,她脸上露出了明显的害怕的表情。

威利特太太仍在侃侃而谈。

"哎呀,我们这儿可有个难题啊。是家庭问题,警督。仆人们都不愿待在这乡野去处,威胁说要走,而且谋杀案的消息好像使他们全慌了神啦。我真不知道该怎么办才好，也许男仆人可以解决这个问题吧？埃克塞特登记处的人就是这样劝我来着。"

警督的回答显得十分呆板。他没有理睬她那滔滔不绝的唠叨。他使那姑娘脸上露出了害怕的表情，他在考虑其中的原委。

威利特太太是很精明——但还不够精明。

他一边走，一边思考着这个问题。

如果特里维廉上校的死跟威利特母女俩无关，那维奥莱特·威利特为什么要害怕呢？

他算是打出了第一枪。就在他脚刚跨过门槛时，他又转过身来。

"顺便问问，"他说，"你们认识年轻的皮尔逊吧？"

这次谈话的停顿就是毋庸置疑的了。一阵死寂大约延续了一秒钟，威利特太太才开口说话。

"皮尔逊？"她说，"我想不——"

她的话被打断了。身后的房间里传来一声古怪的叹息，接着是什么东西倒下时发出的响声。

警督一个箭步跨过门槛，奔进屋里。

维奥莱特·威利特昏倒在地。

"可怜的孩子，"威利特太太哭泣着，"紧张和震惊可把她弄苦了。可怕的转桌祈灵，还有随之而来的谋杀案。她不够强壮，挺不住啊！太感谢你了，警督。对，就把她放到沙发上躺下吧。你能摁一下铃吧？哦，不，你帮不了什么忙的。太感谢你了。"

警督走下斜坡时,双唇紧闭,露出一条冷峻的缝线。

吉姆·皮尔逊是订了婚的,他知道,是跟他在伦敦见过的那位特别迷人的姑娘订了婚。

可为什么一提到他的名字,维奥莱特·威利特会昏过去呢?吉姆·皮尔逊到底跟威利特母女俩是什么关系?

刚出了大门,他就犹豫不决地停住了脚步。接着,他从口袋里掏出个小笔记本来。那上面记有特里维廉上校修建的六幢小平房住户的姓名,还有一些简要情况。纳拉科特警督粗壮的手指停在6号小平房上面。

"是的,"他喃喃地自言自语道,"最好现在就去见见他。"

他大步流星地走下巷子,在6号小平房的门上敲着,这间小平房里住着杜克先生。

第十五章　造访伯纳比少校

恩德比先生带路上坡,来到伯纳比少校家,在前门上轻快活泼地敲着。那扇门哗的一下应声而开,伯纳比少校满脸通红地站在门槛那儿。

"是你?"他话音里透出不大热情的味道,在这样紧张的话刚出口,一眼瞥见埃米莉,脸色倏然起了变化。

"这位是特里富西斯小姐,"查尔斯介绍道,那神态像是打出了一张王牌似的,"她很想见你。"

"能进屋吗?"埃米莉问道,脸上笑容可掬,十分甜蜜。

"啊,当然可以进来,当然啰。"

少校一边喃喃自语,一边退回屋里,挪出几把扶手椅,并且把桌子推到一边去。

埃米莉的方法依然如故,她开门见山直奔主题。

"你瞧,伯纳比少校,我跟吉姆——吉姆·皮尔逊是订了婚的,你知道吧。所以我当然为他担心极了。"

少校一边推桌子,一边把嘴巴张了张,但没有说话。

"啊,老天呀,"他终于开口说道,"那件事可真糟哇。亲爱的小姐,我觉得非常遗憾,实在非言语所能表达。"

"伯纳比少校,请你坦诚相告,你个人是否相信他有罪?噢,如果你这样认为,直说不妨。我绝不愿意任何人对我说假话。"

"没有,我认为他没罪。"少校用非常肯定的口气大声说道,又使劲拍了拍坐垫,然后坐下来,面对着埃米莉,"他可是个好小伙子。不过你可得注意,他可能有点意志薄弱。我这么说你别介意,他可能是那种年轻人,碰到诱惑会很容易走错路。至于搞谋杀嘛——他倒不会。不过你要小心,我说什么自己心里是明白的——我这辈子见过不少这样的下级军官。如今嘲笑退休军官成了风气,但我还是心中有数的,特里富西斯小姐。"

"我相信是这样,"埃米莉说,"听你这么说,我真感激不尽啊。"

"来点儿威士忌加苏打好吗?"少校问道,"恐怕没什么别的好喝了。"他表示抱歉。

"不用了,谢谢你,伯纳比少校。"

"那么就来点苏打水怎么样?"

"不用,谢谢。"埃米莉说道。

"我该去沏茶的。"少校说,有些愁眉苦脸的模样。

"我们喝过茶的,"查尔斯说,"在柯蒂斯太太家喝的。"

"伯纳比少校,"埃米莉问道,"你认为会是谁干的?——你有什么想法吗?"

"没有,真该死——呃——烦死了——我没什么想法。"少校回答道,"我原以为肯定是有人破窗而入,可警方现在说情况并非如此。得了,那是他们的工作嘛,我想他们一定清楚。他们说并没有人破窗而入,所以我也认为没人那样干。不过我仍然怀疑，特里富西斯小姐。就我所知，特里维廉在世上可没什么冤家对头。"

"如果有人这么干，那你会知道吧？"埃米莉说道。

少校捻捻他的短胡须。

"我明白你的意思，就像小说里描写的那样，应该有些小事情能记住，也许会是线索。唉，很遗憾，没这种事情。特里维廉的生活极其平凡。只有些信件，回信写得更少。也没有女人介入他的生活，这我敢肯定。不对，我仍然不相信，特里富西斯小姐。"

三个人都沉默不语了。

"那个仆人怎么样？"查尔斯问道。

"跟随他多年了，绝对忠实可靠。"

"可他最近结了婚。"查尔斯说道。

"是跟一个非常正派而可敬的姑娘结了婚。"

"伯纳比少校，"埃米莉说，"原谅我这么问你——为什么你在听到他的死讯时并不感到紧张害怕呢？"

少校揉着鼻子，只要有人提到转桌祈灵，他总要露出那种尴尬的神情。

"是的，这不用否认，我是不觉得紧张害怕。我知道整个事情只是胡闹罢了，不过——"

"你觉得并不完全是这样。"埃米莉替他把话说完。

少校点点头。

"所以我觉得奇怪——"埃米莉说道。

两个男人看着她。

"我说得不太清楚，"埃米莉解释道，"我的意思是这样:你说你不相信转桌祈灵——然而尽管天气相当糟糕,那件事在你看来又是多么的荒诞不稽——你却感到很不安,不管天气多么糟糕,你都要去,你要去看看特里维廉上校是否安然无恙。噢,你可能是觉得——气氛有点不对劲吧。"

"我的意思是,"她又大胆地往下说,因为她看到少校脸上毫无惧色,"某个人心里有事,你心里也有事。你或许已经感觉到了。"

"唉,我可不知道。"少校说,又揉揉鼻子。"当然啰,"他又有信心地说道,"女人们是很在乎这类事情的。"

"女人们!"埃米莉低声地喃喃自语道,"我相信准是这样。"

她突然转脸对着伯纳比少校。

"威利特母女俩是什么情况呢?"

"哦,呃——"伯纳比少校寻思着,显然不善于描述,"呃,她们为人非常好,你知道——很乐于助人的。"

"她们这时节为什么要租一幢像斯塔福特邸宅那样的房子呢?"

"我可想象不出到底是为什么,"少校说,"没人会这样做的。"

"你不认为这很古怪吗?"埃米莉追问道。

"当然古怪嘛,不过,人的趣味是各不相同,没法弄清楚的。警督也这样说过。"

"胡说八道,"埃米莉说,"人做事情总是有原因的。"

造访伯纳比少校

"哦,我可不清楚了,"伯纳比少校谨慎地说道,"有些人做事得有原因,你做事也得出于某种原因,可有些人——"他叹了口气,摇着头。

"你敢肯定她们以前从未见过特里维廉上校?"

少校琢磨着这个想法。特里维廉兴许对他说过什么吧。不,他也跟别的人一样感到吃惊。

"那他认为很古怪了?"

"当然啰,我刚才跟你说过,我们大家都觉得古怪。"

"威利特太太对上校的态度怎么样呢?"埃米莉问道,"她尽量避免跟他接近吗?"

少校发出一声嘶哑的轻笑。

"不,完全相反,她缠着他不放,老要请他去看她们。"

"哦,"埃米莉说,沉吟有顷,"所以她可能——可能只是为了结识特里维廉上校才有意租用斯塔福特邸宅的吧。"

"噢,"少校似乎在考虑这种可能性,"是的,可能是这样。不过这样做是很费钱的。"

"我不清楚,"埃米莉说,"也许非这样做不可,特里维廉上校可不是个容易打交道的人。"

"是的,他是不好打交道。"已故上校的朋友表示同意。

"我可拿不准了。"埃米莉说道。

"警督也想到了这一点。"伯纳比说道。

埃米莉心中蓦然升起一股对纳拉科特警督的怨愤。

她想到的任何一点似乎警督都早已想过。对于一个自认为比别人精明强干的年轻女人来说,这可实在令人着恼。

她站起身来,伸出一只手。

"非常感谢。"她仅仅这样简单地说道。

"但愿能更多地对你有帮助,"少校说,"我这个人就是没劲——历来如此。如果我聪明一点,准能想到某些情况,可以作为线索。不过你应该信任我才对。"

"谢谢你,"埃米莉说,"我会的。"

"再见吧,先生,"恩德比说,"我明天早上会带着照相机去的。"

伯纳比哼了一声。

埃米莉和查尔斯又回到了柯蒂斯太太家里。"到我的房间来,我想跟你谈谈。"埃米莉说道。

她坐到一把扶手椅上,查尔斯则坐在床沿上。埃米莉把摘下的帽子旋转着扔到屋角。

"现在,听我说吧,"她说,"我自认已经找到了出发点。也许是对的,也许错了,没准,但总是有了想法。这场转桌祈灵游戏暗藏杀机。你参加过这种游戏吧?"

"啊,参加过的,偶尔参加。没认真过,你知道。"

"不会,当然不会认真的。这种游戏是雨天的下午才玩,每个人都可以指责别人推了桌子。啊,如果你参加过,就知道是怎么回事。桌子拼读出,譬如某个人的名字,呃,是个某人知道的名字。经常立刻就能辨认,而且大家都希望不会是这么一个名字,整个过程中人们会下意识地认为这就是推了桌子。我的意思是说,当下一个

造访伯纳比少校

字母拼读出来又停住时,辨别出是什么东西会使人不由自主地停顿一下。有时你越不希望这样,这种情况就越是会出现。"

"是的,说得对。"恩德比先生表示同意。

"我从不相信有什么精灵鬼怪之类的东西。不过假设一下,万一有谁知道那一刻特里维廉上校正在被谋杀呢——"

"哎,我说嘛,"查尔斯表示反对,"这太牵强附会了。"

"哦,别那样粗鲁好不好。是的,我认为必定是这样。我们只不过是在假设——如此而已。我们是假定有人知道特里维廉上校死了,可又完全不能秘而不宣。就是因为转桌祈灵道出了实情。"

"这想法可真是创见,"查尔斯说,"但我绝不相信会是真的。"

"我们姑且假定是真的吧,"埃米莉坚持道,"我敢肯定在侦察罪犯时是绝不能害怕做假设的。"

"啊,我倒很同意,"恩德比先生说,"我们就姑且假定这是真的吧——无论在任何情况下都是这样。"

"所以,我们必须这样来考虑问题,"埃米莉说,"认真分析一下那些参加游戏的人。首先是伯纳比少校和里克罗夫特先生。好了,这似乎有些漫无边际了。两人之中必有一个有帮手,而这个帮手就是凶手。接下来是杜克先生。噢,我们眼下对他还一无所知。他最近才搬来,当然啰,他也可能是个不怀好意的陌生人——是某个团伙的成员什么的。我们可以对他打个问号。现在来看看威利特母女俩。查尔斯，这母女俩是有些特别神秘的地方。"

"她们到底能从特里维廉上校之死获得什么好处呢？"

"噢，表面看来，毫无利益可言。不过，如果我的推测是正确的，其中必有某种关系。我们得查出这种关系来。"

"对，"恩德比先生说，"假定这是个魔窟怎么样？"

"唉，那我们可得一切从头再来了。"埃米莉说道。

"你听。"查尔斯突然叫道。

他举起一只手，走到窗前，推开窗子。埃米莉也听到了那个引起他注意的响声。是远处一只大钟发出的响声。

正当他俩站着聆听时，楼下传来柯蒂斯太太激动的呼唤。

"听见钟声了吗，小姐？——听见了吗？"

埃米莉把门打开。

"听见了吗？再清楚不过了，不是吗？得，想想看！"

"怎么回事呀？"埃米莉问道。

"是普林斯顿的钟，小姐，差不多是十二英里之外呢。这说明有个犯人逃跑了。乔治，乔治！人在哪儿呀？你听见钟声了吗？有个犯人逃走了。"

她穿过厨房，声音也跟着消失了。

查尔斯关好窗户，又坐回到床沿上。

"真可惜事情全乱了套，"他心灰意懒地说，"如果这个犯人是星期五逃走的那倒好了，那，那我们就算是找到凶手了，就不用再找了。准是饥肠辘辘的亡命之徒破窗而入。特里维廉奋起保卫他那英国人的城堡——于是亡命之徒便要了他的命。一切可就简单得多了嘛。"

"也许会那样吧。"埃米莉说，叹了一口气。

"可情况恰好相反，"查尔斯说，"他晚逃了三天，这真是——真是太没艺术性嘛。"

他悲哀地摇摇头。

第十六章　里克罗夫特先生

第二天上午,埃米莉起得很早。她是个极为敏感的年轻女人,心里明白此刻要恩德比先生起床帮她办事可能性很小,除非等到上午晚得多的时候。她觉得百无聊赖,再也躺不下去,于是便出了门,朝昨天来时相反的方向,顺着巷子散步。

斯塔福特邸宅的大门在右边,走过大门不远,巷子便向右急转上陡坡,来到开阔的高沼地,变成一条草径,逐渐消失。早上的天气很晴朗,寒冷清冽,景色也十分美丽。埃米莉爬上斯塔福特灯塔山山顶,那上面是一堆奇形怪状的大岩石。她居高临下,俯瞰着广阔的高沼地,极目远眺,竟无一点人迹,也不见任何道路。在她下方山顶的另一侧,是成群的灰色花岗岩圆石和岩块。她把这景色欣赏片刻,便转向北面,欣赏呈现在眼前的刚才出发地的那片远景。正下方便是斯塔福特村,山丘上房屋星罗棋布,斯塔福特邸宅呈四方形,那些小小的房子就散布在它上面不远的地方。在下面的河谷里,她看见了埃克桑普顿镇。

"在这么高的地方,"埃米莉胡思乱想着,"一个人应该更能看清每一样东西,就像站在玩具娃娃的房顶上往里面窥探一样。"

她满心希望能遇见那位死者,哪怕只见一次也好呀。要弄清一个你未曾见过面的人有什么想法,实在太困难。你得依赖别人的判断,而埃米莉却不认为别人的判断会比她的好。别人得到的印象对你毫无用处。也许跟你的判断一样,但是绝对不能依赖。你不能采用别人的攻击角度。

她心烦意乱地思考着这些问题,忍不住叹了口气,又换个姿势,继续站在那儿。

埃米莉沉浸在自己的思绪里,完全忘却了周围的一切。直到她猛然一惊,发现就在几码远的地方,站着一位矮小的老先生,只见他手里有礼貌地攥着一顶帽子,呼吸相当急迫。

"对不起,"他问道,"你是特里富西斯小姐吧?"

"是的。"埃米莉回答道。

"我是里克罗夫特,请原谅我的唐突。这地方实在太小,事无巨细尽人皆知。你昨天刚到这儿,消息自然马上就传开了。我可以向你保证,这儿每个人都对你深表同情,特里富西斯小姐,我们大家都愿意尽力帮助你。"

"你真是好心。"埃米莉说道。

"不客气,不客气,"里克罗夫特先生说,"美人遭难嘛,请原谅我这老派的说法。不过说正经的,我亲爱的年轻小姐,如果我能帮助你,就请一定相信我。这上面景色不错,是吧?"

"景色好极了,"埃米莉说,"高沼地是相当好的地方。"

"你知道吧，昨晚有个犯人从普林斯顿监狱逃走了。"

"知道，抓回来了吗？"

"还没有吧。啊，唉，可怜的家伙，很快就会给抓回来的。我敢说没有一个犯人能逃之夭夭。二十年来普林斯顿还没有犯人能成功越狱。"

"普林斯顿监狱在哪个方向？"

里克罗夫特先生伸出手臂，指向高沼地的南面。

"就在那儿，直线距离大约有十二英里。走陆路有十六英里。"

埃米莉打了个冷战。想起一个被追捕的逃犯，那印象太强烈了。里克罗夫特先生观察着她，暗暗地点点头。

"是的，"他说，"我也有同感，一个人本能地会对被追捕者的想法产生反感，这很奇怪，不过，这些关押在普林斯顿监狱的犯人全都是些危险凶暴的家伙，是那些你我愿意尽力使其归案的罪犯。"

他微笑着表示歉意。

"你得原谅我，特里富西斯小姐，我对犯罪研究极有兴趣。这种研究可真让人兴奋哪。我研究犯罪学和鸟类学。"他停顿片刻，又接着说道：

"所以，如果你允许，我愿意跟你联合办好这件事情。用第一手资料研究犯罪学一直是我梦寐以求的。特里富西斯小姐，你能否信任我，能否允许我用我的经验为你服务？我深入细致地研究过这种专题。"

埃米莉沉默有顷，暗自庆幸事情终于有了顺遂之时，斯塔福特村所能提供的第一手生活资料已经唾手可得。"攻击角度",她心里又在重复刚才涌上心头的那个术语。她已经采用了伯纳比少校的角度:实事求是,简捷明了,直截了当。确认事实,完全不理会那些微妙之处。此刻她又获得了另外一个角度,她料想也许会再打开一个不同的视野。这位个头矮小、瑟缩发抖、干瘪瘦削的老先生曾经做过认真细致的研读,熟谙人性,对沉思的人和行动的人两相比较而展现出的生活饶有兴趣,废寝忘食。

"请你帮助我吧,"她单纯朴实地说,"我是多么忧虑和不快乐啊。"

"你一定是这种心情,亲爱的,一定是这样。根据我所了解到的情况,特里维廉的外甥已被扣押,要么是被捕了——对他不利的证据实质上有些过于简单明显。我嘛,当然啰,得做到襟怀开敞,你应该让我这样才好。"

"当然应该这样,"埃米莉说,"既然你对他还不了解,那你怎么能相信他是无罪的呢?"

"说得很有道理,"里克罗夫特先生说,"真的,特里富西斯小姐,你本人就很值得我仔细加以研究哇。顺便问一下,你的姓氏——就像我们可怜的朋友特里维廉上校,也是康沃尔郡的姓氏吗?"

"是的,"埃米莉说,"我父亲是康沃尔郡人,我母亲是苏格兰人。"

"啊!"里克罗夫特先生叫道,"真有趣。现在谈谈我们所关心的那个小问题吧。一方面,我们假定年轻的吉姆——他名叫吉姆,是吧? 我们假定年轻的吉姆亟须一笔钱,于是他来见他舅舅,向他要钱,他舅舅拒绝了,他一时性起,抓起门后面的铁管子砸了他舅舅的脑袋。罪行不是预谋的,实际上是个愚蠢可悲的非常事件。哎,也许事情就是这样吧。另外一方面,是他怒气冲冲地跟舅舅分了手,不久某个人就进了屋,犯下了那桩谋杀罪,你正是这么想的——换句稍微不同的话来说,也是我所希望的。我认为不是你的未婚夫犯了谋杀罪,因为在我看来,如果他真这么干了,那整个事情就太没有意思了。所以我倾向于支持不是他干的那种假设。谋杀罪是另外一个人犯下的,我们这样假设,然后就能获得一个极其重要的论点。是否有人知道发生了争吵?那场争吵,事实上是预告了会发生谋杀案吗?你明白我的论点吧?有人处心积虑地要干掉特里维廉上校,正好利用了这个机会,而且料到嫌疑必定会落到年轻的吉姆的头上。”

埃米莉从这个角度审视这个案件。

“如果情况是那样的话。”她慢吞吞地说道。

里克罗夫特先生替她把话说完。

“如果情况是那样的话,”他轻快地说,“凶手就是特里维廉上校交往甚密的人了。此人必定是住在埃克桑普顿镇。很可能当时就在屋里,不是在争吵之前,就是在争吵之后。由于我们不是在法庭上,可以自由地列举出姓名来,我突然想到了那位仆人埃文斯的名字,此人正好符合我们所说的种种条件。他极有可能一直待在屋里,听到了争吵,就利用了这个机会。我们下一步得弄清埃文斯是否会从他主人之死获得某种利益。”

"他肯定能得到一小笔遗赠款项。"埃米莉说道。

"这可能不足以构成犯罪动机,我们得弄清楚埃文斯是否亟须用钱,而且还得把埃文斯太太考虑进去,我知道,他俩刚结婚不久。如果你研究过犯罪学,特里富西斯小姐,你就会知道这种近亲通婚,尤其是乡村里的近亲通婚所造成的恶果。布罗德穆尔至少有四个女人,尽管年轻而又有很好的风度举止,但性格上却有许多怪诞的地方,所以对她们来说,人生就是无足轻重的了。不过,我们是绝不能把埃文斯太太排除在外的。"

"里克罗夫特先生,你怎么看待转桌祈灵这件事呢?"

"噢,那确实古怪。太古怪了。特里富西斯小姐,我承认自己对这件事印象极为强烈。你也许听说了吧,我是个相信精神方面的那些事情的人,在某种程度上,我是个唯灵论者。我已经写出一份详细报告,送给了精神研究学会。这确实是个惊人的事件,有五个人参加,其中谁也不会想到特里维廉上校会被谋杀。"

"你不认为——"

埃米莉顿住了。这五个人中可能有谁知道发生了谋杀案,而他本人就是其中之一啊!但要把这个想法向里克罗夫特先生说明白,那可就不容易了。这倒并不是她怀疑里克罗夫特先生跟这件惨案有什么关系。不过,她感到那样说太唐突,于是为了表达这个意思,她决定说得更圆滑些。

"这件事使我觉得很有兴趣,里克罗夫特先生,正如你所说的那样,十分古怪。你不认为参加的人是有些通灵吗?当然啰,你是不包括在内的。"

"我亲爱的年轻小姐,我本人是不通灵的,我在那方面没有能力。我只是个极感兴趣的观察者。"

"这位加菲尔德先生怎么样?"

"是个好小伙子,"里克里罗夫特先生说,"不过太平常了。"

"我想是有钱吧。"埃米莉说道。

"我看是一文不名,"里克罗夫特先生说,"但愿这个成语我用对了。他到这儿来是为了守候一个姨妈的,我说他对她是有'企盼'。珀西豪斯小姐可是个精明厉害的女人,我想一定清楚他这样做的目的。她自有一套冷嘲热讽的幽默,把他套在那儿,像跳舞似的。"

"我真想见见她。"埃米莉说道。

"是的,哪怕你不想见她,她也会坚持要见你的。那纯粹是出于好奇——啊,我亲爱的特里富西斯小姐,那完全是出于好奇之故嘛。"

"跟我谈谈威利特母女俩吧。"埃米莉要求道。

"很迷人呀,"里克罗夫特先生说,"很迷人,从殖民地来的,当然啰。并不是真正泰然自若,你懂我的意思吧?有点过分殷勤好客,什么事情都要弄得冠冕堂皇的,维奥莱特小姐是个迷人的姑娘。"

"来这儿过冬可不好啊!"埃米莉说道。

"对,很古怪,是吧?但毕竟是合理的选择嘛。我们这儿的人渴望阳光,炎热的气候,摇曳婆娑的棕榈树,而住在澳大利亚和南非的人却热衷于古老传统的圣诞节，要有冰雪。”

"我真不明白，"埃米莉喃喃地自言自语道，"是谁把这些情况告诉他的。"

她认为要过一个古老传统的有冰雪的圣诞节，根本用不着待在一个高沼地的村子里。里克罗夫特先生显然对威利特母女选择这种过冬的地方丝毫不起疑心。她认为对一个鸟类学家和犯罪学家而言，也许这是正常的。在里克罗夫特先生眼中，斯塔福特村显然是个理想去处，他想象不出这个地方居然会对别的什么人不合适。

他们缓步走下斜坡，拐进巷子。

"那幢房子里住的是谁啊？"埃米莉突然问道。

"是怀亚特上尉，他是个伤兵。恐怕是很不合群吧？"

"是特里维廉上校的朋友吗？"

"不是亲密朋友，特里维廉上校不时去看看他。其实怀亚特上尉也不鼓励人去他家里。他是个死气沉沉的人。"

埃米莉默然无语。她在估量自己成为造访者的可能性。任何一个攻击角度都不应该弃而不试。

她突然想起，直到现在还没有提到过参加转桌祈灵的另外一个人。

"杜克先生的情况怎么样呢？"她轻松愉快地问道。

"他的情况怎么样吗？"

"呃，就是他本人的情况呗。"

"噢,"里克罗夫特先生慢吞吞地说,"这可是谁也不知道哇。"

"真不寻常啊!"埃米莉说道。

"实际上并非不寻常,"里克罗夫特先生说,"你知道吧,杜克绝对不是神秘人物。我猜想大家唯一不了解的就是他的社会经历。不——不怎么样吧,你能理解我的意思的。不过他是个相当实在的好人。"他赶紧补充道。

埃米莉又沉默不语了。

"那是我住的地方,"里克罗夫特先生说着停住了脚步,"也许你能赏光进来坐坐吧。"

"好的。"埃米莉说道。

他们沿着小路往上走,进了他的房子。只见房里布置考究,沿墙全是成排的书架。

埃米莉满怀兴趣地浏览着每个书架上的书名。有个书架上摆放的是论述神秘现象的专著,还有一个书架摆放的则是现代侦探小说,但书架上最多的还是犯罪学方面的书籍,包括世界上有名的审判案例。鸟类学方面的书籍只占一小部分。"你的房子真使人感到惬意。"埃米莉说,"我得回去了。恩德比先生已经起床了,正在等我呢。我也还没吃早餐。我们告诉过柯蒂斯太太,九点钟吃早餐,我看现在都已经十点钟了。恐怕是太迟了——你这人真有意思,而且又热心肯帮忙。"

"尽力而为吧,"埃米莉向里克罗夫特先生投去勾魂摄魄的一瞥,使他不禁嘟囔起来,"你可以信任我,我们成了合作者了。"

埃米莉伸出手来,热情地紧紧握住里克罗夫特先生的手。

"这太好了,"她说,用的是她那句历来效果极佳的话,"有个人能依靠真是太好了。"

第十七章　珀西豪斯小姐

埃米莉回到柯蒂斯太太家时，早餐已经摆好，有煮鸡蛋和熏肉。查尔斯正等着她。

柯蒂斯太太仍然在为逃犯的事情激动不已。

"两年前也逃走一个，"她说，"才三天就给抓回来了。在靠近莫顿汉普斯特德的地方抓回来的。"

"你认为他会逃到这儿来吗?"查尔斯问道。

这个地方的环境说明这个想法不对。

"犯人绝不会逃到这儿来的，全是荒野沼地，出了沼地就只有小镇。他会逃往普利茅斯，这最有可能。不过还没等他逃到那儿就一准给抓回来了。"

"可以在山那边的岩石里藏身的。"埃米莉说道。

"你说得对，小姐，那儿是有个藏身之地，人们管它叫皮克西洞。洞口在两块岩石中间，很狭窄，可进去就宽敞了。据说从前有个查理国王的人曾经在里面藏了两个星期，由农庄上的一个女仆给他送吃的。"

"我一定要去看看皮克西洞是什么样子。"查尔斯说道。

"很难找到，先生，这会使你觉得很惊讶的。许多去野餐的人找了一个下午也没找到。不过你要是找到了，千万要在里面放一根针，会有好运气的。"

珀西豪斯小姐

　　早餐后,查尔斯和埃米莉来到小花园里。查尔斯说:"我想,是不是该去一趟普林斯顿呢?只要运气来,好事就成堆。我在这儿是从一个简单到极点的足球赛结果有奖竞猜开始的,一下子就遇到逃犯的事件,还有谋杀案呢。真精彩呀!"

　　"给伯纳比少校的房子拍张照片怎么样?"

　　查尔斯抬头望着天空。

　　"唔,我看天气不行,"他说,"我得去斯塔福特邸宅,只要有去那儿的原因就成,再说又起雾了。呃——我已经把跟你会面的采访报道发回去了,你不会介意吧?"

　　"哦,没事,"埃米莉表情呆板地说,"你都让我说了些什么?"

　　"嗨,都是人们喜欢听的话嘛,"恩德比先生说,"本报特派记者专访埃米莉·特里富西斯小姐,该小姐的未婚夫詹姆斯·皮尔逊已被警方逮捕,被控谋杀特里维廉上校——然后是我个人对你的印象,说你是个情绪激昂的美丽姑娘。"

　　"谢谢你了。"埃米莉说道。

　　"剪了短发。"查尔斯又说道。

　　"你说剪了短发是什么意思?"

　　"你是剪了短发嘛。"查尔斯回答道。

　　"噢,当然啰,"埃米莉说,"可干吗要提到这一点呢?"

　　"女读者们就想知道这一点,"查尔斯·恩德比说,"这场专访很精彩。你说哪怕整个世界都起来反对他,你也要站在他身旁。你不知道这几句极富女性感情色彩的话会有多么大的作用。"

"我真这样说过吗?"埃米莉轻声哼了一下。

"不介意吧?"恩德比先生急切地问道。

"啊,不介意,"埃米莉回答道,"怎么着都行,你看着办吧,好人。"这句话使恩德比先生有点吃惊。

"没事,"埃米莉说,"那不过是引用的话而已。我记得很小的时候围兜上就印有这句话——是印在星期天戴的围兜上的。别的几天围兜上就只印着'别做个贪吃的小鬼头。'"

"啊,我明白了。我还对特里维廉上校的海军生涯大肆渲染,而对于劫掠到手的外国偶像以及不知名的教士进行报复的可能性仅仅做了点暗示——你知道吧,只不过是一点暗示罢了。"

"哎,看来你干得挺不错的嘛。"埃米莉说道。

"你干了什么呢? 天知道,你可是起得够早的。"

埃米莉把遇见了里克罗夫特先生的情况讲了一遍。

她突然缄口不语了,恩德比朝她目光所向之处瞥了一眼。只见一个面色粉红、模样健康的年轻小伙子斜靠在大门牌上,叽里咕噜地说着一些表示歉意的话,要吸引他俩的注意。

"喂,"那年轻人说,"十分抱歉打搅你们的谈话,我是说,这样做真令人难为情,不过,是我姨妈让我来的。"

埃米莉和查尔斯不约而同地"哦"了一声,觉得莫名其妙,对那年轻人的解释有点丈二金刚摸不着头脑。

珀西豪斯小姐

"是的,"那个年轻人说,"说实话吧,我姨妈真是个难伺候的人,说什么都很灵验,明白吧。当然啰,这时候来是最糟糕不过的。不过你们要是认识我姨妈就好了——如果你们按她的要求去做,你们一下子就能了解她了——"

"你姨妈是不是珀西豪斯小姐?"埃米莉插话问道。

"对,"年轻人感到一阵轻松,"那你知道她啰? 准是听柯蒂斯老妈妈说的吧。一定是这样。她总是摇唇鼓舌地唠叨,是吧? 可她人不坏,记住。呃,事实是这样,我姨妈说她想见你们,让我来告诉你们,向你们表示祝贺。也许要麻烦你们——她是个病人,出不了门,你们能去看她就太好了——呃,这种事情想必你们能够理解。不用我多说了。其实她是好奇,当然啰,如果你们说头疼啦,要去写信啦什么的也没关系,那就不用麻烦去看她了。"

"哦,我不认为是麻烦,"埃米莉说,"我马上就跟你去。恩德比先生要去见伯纳比少校。"

"你说我要去见伯纳比少校?"

"你是要去嘛。"埃米莉肯定地说道。

她朝他点点头,转身跟着她的新朋友走了。

"我想你就是加菲尔德先生吧。"她说道。

"对,我该告诉你的。"

"啊,哎,"埃米莉说,"这可不难猜到。"

"你能去可真妙,"加菲尔德先生说,"许多小姐说要她们去都会生气的。可你知道这些个老小姐就是这种脾气。"

"你不是住在这儿吧,加菲尔德先生?"

"我确实不是住在这儿,可以打赌的,"罗尼·加菲尔德先生热情地回答道,"你在哪儿见过这种鬼地方? 可不像照片上那样吸引人呀。我怀疑是不是真的有人会谋杀——"

他顿住不讲了,被自己的话吓了一跳。

"哎,真对不起。我这人真没法治,老是说错话。我不是那个意思。"

"你可不是那样儿。"埃米莉安慰道。

"到了。"加菲尔德先生说,推开一扇大门。埃米莉跟他进了大门,沿着那条通向一幢小别墅的小路往上走。这幢房子跟别的房子不一样。客厅朝向花园的那一面放着一张躺椅,上面躺着一位老太太,一张脸满是皱纹,那只鹰钩鼻子也是埃米莉从未见到过的。她用胳膊肘困难地把身体支撑起来。

"那你把她给带来了哇,"她说,"你真好心,亲爱的,来看我这个老妇人。你知道病人就是这样。对什么事情都得主动点儿,不然别人就不会来照料你的。你可别以为我是好奇——不仅仅是这样。罗尼,去把花园里用的椅子油漆好。就放在花园顶头的棚子里,两把柳条椅和一张长凳。油漆也在棚子里。"

"我这就去,卡罗琳姨妈。"

听话的侄儿转身消失在花园里。

"请坐。"珀西豪斯小姐说道。

埃米莉按她的示意坐到一把椅子上。说来也奇怪,对这位尖嘴利舌的中年女病人,她马上就感到十分喜欢,而且同情起来,觉得自己跟她有某种亲缘关系似的。

"这个女人,"埃米莉暗忖,"是个直来直去,独立自主,而且颐指气使的人。就跟我一样,只不过我长得漂亮,而她那样做可就靠的是性格魅力了。"

"我知道你跟特里维廉的外甥订了婚,"珀西豪斯小姐说,"我已经听人谈起过你,现在我一看见你,就知道你打算干什么了。我祝你好运。"

"谢谢你。"埃米莉说道。

"我厌烦那些悲悲戚戚的女人,"珀西豪斯小姐说,"可喜欢那种挺起腰板干事的女人。"

她目光炯炯地盯着埃米莉。

"我看出你是在为我感到惋惜——躺在这儿不能起来,也不能走动,是吧?"

"不,"埃米莉深思熟虑地说,"我不会那样想的。我认为只要下定决心,就能办成事情。可以不择手段。"

"说得对极了,"珀西豪斯小姐说,"你必须从不同的角度看待生活,就是这么回事。"

"攻击角度。"埃米莉小声说道。

"你说什么来着?"

埃米莉尽可能清楚地把当天上午得出的理论讲了一遍,她业已将这种理论付诸实践了。

"不错,"珀西豪斯小姐一边说,一边点头,"哎,亲爱的,我们谈正经事吧。我想你并不是个天生的傻瓜,你来这个村子是为了了解情况,要找出跟谋杀案有关的任何情况。呃,如果你想了解这儿的人,我倒可以告诉你。"

埃米莉一点也不浪费时间,她开门见山直奔主题。

"能谈谈伯纳比少校的情况吗?"她问道。

"典型的退役军官,心眼小,想不开,妒忌成性。在金钱方面的事情上很轻率。就是那号人,向南海泡沫①投资,就因为他鼠目寸光,毫无远见。他不喜欢欠债。别人进屋不在垫子上擦脚,他就要生气。"

"那么里克罗夫特先生呢?"

"古怪的小个子,完全是个自高自大的人。喜欢胡思乱想,总把自己想象成了不起的人。我想他一准提出要帮助你,因为他自以为精通犯罪学。"

埃米莉承认正是这样。

"杜克先生是个什么样的人呢?"她问道。

"我对他一无所知——本来是应该了解的。此人极其平常。我本来是应该了解的,不过现在还没有什么了解。很古怪,你本来也许能说得出他的名字的,但总是想不起来罢了。"

"威利特母女俩呢?"埃米莉问道。

"啊,威利特母女俩!"珀西豪斯小姐又用胳膊肘把身体支撑起来,她有点激动。"确实,该怎么说呢? 呃,我可以告诉你一些情况,亲爱的。也许对你有用吧。到我的写字台那儿去,把最上面的那个小抽屉打开——左边

---

① 南海泡沫 South Sea Bubble,原为 1702 年英国南海公司在南美进行的股票投机骗局,意指上当受骗。

那个——对了。"

埃米莉拿出一个信封来。

"我会全部告诉你的。威利特母女俩到这儿时,带着漂亮的衣服,几个女仆,还有那些个新式皮箱,她和维奥莱特是坐福特车来的,那几个女仆则带着那些新式皮箱,乘火车站的公共汽车到达。自然啰,这件事很轰动,可以这样说吧。她们经过这儿时,我探身朝外看,还看见一条彩色标签从一只箱子上飘落下来,给风吹到我门口。如果说我讨厌什么的话,我讨厌的就是乱扔纸屑什么的。所以我就叫罗尼去捡起来,我正要扔掉,却发现这标签挺漂亮的,也许可以留下来用在我送给儿童医院的剪贴簿上。哎,后来我就忘了,直到威利特太太有两三次特意提到维奥莱特从没离开过南非,而她本人也只到过南非、英格兰,还有里维埃拉的时候。"

"是吗?"埃米莉问道。

"正是这样。呵,你瞧这个。"

珀西豪斯小姐把一条行李标签塞到埃米莉的手里。只见那上面写着:墨尔本 门德尔旅馆。

"是澳大利亚嘛,"珀西豪斯小姐说,"可不是南非呀——正像我年轻时也不是待在南非那样。我敢说这倒并不重要,可也有它的价值。我还要告诉你另外一件事。我听见威利特太太呼喊她的女儿,她喊的是 Cooee,那是典型的澳大利亚喊法嘛,不是南非的。我说,这真古怪。如果是从澳大利亚来的,那干吗不愿意承认是这样呢?"

"这肯定是很奇怪,"埃米莉说,"而且她们到这儿来过冬也很奇怪。"

"这是显而易见的。"珀西豪斯小姐说,"你见过她们了吧?"

"没有,我今天上午本来想去的,只是不知道上那儿去该说些什么。"

"我可以帮你找个借口,"珀西豪斯小姐轻松愉快地提出了建议,"把我的自来水笔给我,再拿几张笔记本纸和一个信封来。对了,现在,让我想想看。"她不说话了,认真地考虑着,突然之间,她并未发出任何警告便歇斯底里地尖叫起来。

"罗尼,罗尼,罗尼!那孩子聋了吗?叫他来他干吗不来呀?罗尼!罗尼!"

罗尼疾步而至,手里还拿着油漆刷子。

"有什么重要事情吗,卡罗琳姨妈?"

"有什么重要事情?我在叫你,就是这么回事吧。昨天你在威利特家喝茶时,有什么特别的蛋糕吗?"

"蛋糕吗?"

"蛋糕啦,三明治啦——如此等等。你这个人反应真慢,孩子。你昨天在那儿喝茶时吃什么来着?"

"有咖啡蛋糕,"罗尼说,一副大惑不解的模样,"还有馅饼三明治——"

"咖啡蛋糕,"珀西豪斯小姐说,"那就行了。"她麻利地写起来。"你可以回去刷油漆了,罗尼。别待在这儿。别张着嘴巴站在那儿。你八岁时割了扁桃腺的,别找借口了。"

她继续写道：

亲爱的威利特太太：

听说昨天下午茶你做了非常可口的咖啡蛋糕，能否把配方告诉我以便如法炮制？我知道这种要求你是不会介意的——一个病人除了在饮食上能来点变化之外别无其他。因为罗尼正忙着，特里富西斯小姐好心为我送这张小条子。逃犯的消息不是很吓人的吗？

你诚挚的

卡罗琳·珀西豪斯

她把小条子放进信封，封好，写上姓名地址。

"行了，年轻的姑娘。你会发现她家门口挤满了记者。他们当中有许多人是乘那辆福特车到巷子里来的。我见过他们。但你是去见威利特太太，就说我让你带张小条子给她，你轻而易举地就可以混进去了。不用我告诉你把眼睛睁大点，尽量利用这次造访的机会吧。无论如何总能行的。"

"你真好心，"埃米莉说，"真是这样。"

"我助自助者，"珀西豪斯小姐说，"顺便问一下，你还没有问我对罗尼是什么看法呢？我想他也是你想了解的人之一。他是个好青年，只可惜很胆怯。他还会为钱而卖命，这实在令人遗憾。你瞧他那傻头傻脑的样子！如果他只是偶尔来这儿，甚至说句让我去见鬼的话，我倒会十倍地喜欢他的，可他就没这个脑筋，看不出道道来。

村里还有一个人，就是怀亚特上尉。我敢说他在抽鸦片。是英格兰脾气最坏的人。你还想了解些别的什么情况吗？"

　　"不用了，"埃米莉说，"你告诉我的这一切真可以说是包罗万象了。"

第十八章　埃米莉造访斯塔福特邸宅

埃米莉步履轻快地沿着巷子往前走,她注意到早上的天气变化很快,此刻已是浓雾弥漫,四周白茫茫一片。

"在英格兰的这块地方,生活实在是太糟糕了,"埃米莉想,"不是下雪就是下雨,要不就刮风,不然就是满天大雾,即使出太阳,天气也冷极了,冻得人手脚麻木。"

她的沉思被粗嘎的说话声打断,说话的人就在她右边很近的地方。

"对不起,"那个人说,"你看见一只器猥了吗?"

埃米莉吃了一惊,转过身来。只见一个瘦削高大、脸色褐黄、头发灰白的男人倚在一扇大门上。他挂着一根拐杖,饶有兴趣地打量着埃米莉。她一眼就认出此人正是那个伤兵,住3号小平房的怀亚特上尉。

"没有,我没看见。"埃米莉回答道。

"它跑出去了,"怀亚特上尉说;"这小东西挺通人性的,不过纯粹是条傻狗。你瞧这些汽车——"

"这条巷子不会有多少汽车开过的。"埃米莉说道。

"夏天就有大篷车开过,"怀亚特上尉冷冷地说,"上午乘那种车从埃克桑普顿镇到这儿得花三英镑六便士,半道上让游客登斯塔福特灯塔,可以歇口气,吃点心什么的。"

"是的，可眼下不是夏天啊。"埃米莉说道。

"刚才就有一辆大篷车开过去，我想，是有些记者要去看看斯塔福特邸宅吧。"

"你跟特里维廉上校很熟吗？"埃米莉问道。

她认为怀亚特上尉问她是否见到嚣狻只是个借口罢了，这表明他很感兴趣，倒是很自然的事情。她心里非常清楚，自己已成了斯塔福特村人们关注的中心。怀亚特上尉想看看她是什么模样，这跟别的人一样，也是很自然的。

"不很熟，"怀亚特上尉回答道，"这房子是他卖给我的。"

"是吧。"埃米莉想让他继续往下说。

"一个吝啬鬼，如此而已。"怀亚特上尉说，"当时所作的安排是这样，他按房客的口味去建，可我那房子的窗框漆的是柠檬黄带红褐色，所以他只要我出半价就成。按安排原本应该漆成草绿色。"

"你不喜欢他这个人吧？"埃米莉说道。

"我常常跟他争吵，"怀亚特上尉说，"可我也常常跟别的人争吵。"他想了一下又补充道："在这么个地方你得教会别人甭来烦你。这些人老来敲门，坐在你屋里瞎聊。我心情好的时候倒不在乎有人来访，可必须是我心情好而不是别人心情好才行。特里维廉竟然对我摆什么房主的架子，想什么时候来就什么时候来，这太过分了嘛。好了，现在可没人来打扰我啦。"他一副十分满意的样子。

"哦。"埃米莉觉得很惊讶。

"有个土著仆人就很不错,"怀亚特上尉说,"懂得服从命令。阿布杜尔!"

一个缠头巾的高个子印度人应声从房子里走出来,毕恭毕敬地等候使唤。

"进屋来吃点东西吧,"怀亚特上尉说,"参观参观我的小房子。"

"对不起,"埃米莉说,"我得赶紧走了。"

"哎,不用忙嘛。"怀亚特上尉说道。

"是的,我得赶紧,"埃米莉说,"我有个约会。"

"如今真是没人懂生活的艺术了,"怀亚特上尉说,"赶什么火车啦,约会啦,安排时间啦——全是瞎忙乎。我说,太阳出来就起床,想吃饭就吃饭,千万别约定什么时间,别赴什么约会,我本来是可以教会别人怎么生活的,可就是没人听我的。"

埃米莉想,这种夸张的生活方式结果也于事无补。怀亚特上尉简直就像艘沉船似的,这种人她实在是见所未见。不过,她心里想,上尉的好奇心至少暂时得到了满足,于是便坚持要赴约,告别而去。

斯塔福特邸宅的大门是用坚固的橡木造的,门铃拉线也很牢实,门前还铺有一块钢丝垫子,安装有一个擦得铮亮的黄铜信箱。埃米莉知道这代表着舒适雅致,端庄得体。一个衣着整洁、外表极其普通的女仆应声打开了大门。

女仆马上态度冷淡地说:"今天上午威利特太太不见

客。"埃米莉心想,是那些记者们把事情给弄僵了。

"我是来为珀西豪斯小姐送便条的。"埃米莉说道。

话刚说完情况便起了变化。女仆脸上露出犹豫不决的神色,接着态度翻然改变,不再将来客拒之门外。

"请进来吧。"

埃米莉被引进代理商称为"标准大厅"的房间,又从那儿进入客厅。客厅里炉火正旺,到处散放着表明女性特点的东西:一些玻璃郁金香花、精美的手工织袋、一顶女帽、一个长腿玩具娃娃。她注意到客厅里没有摆放照片。

一切了然在目之后,埃米莉便在炉火前暖手,这时门打开了,一个年龄跟她相仿的姑娘走了进来。埃米莉看出这姑娘十分漂亮、穿着高雅昂贵,但表情似乎有些紧张害怕。她心里想,这样漂亮的姑娘自己以前可从未见过。姑娘的紧张害怕并不明显,因为她表现得风度翩翩,悠然自得。

"早安。"威利特小姐走上前来,跟埃米莉握手,"对不起,母亲还没有下楼来,上午她总是躺在床上。"

"哦,真遗憾,也许我来得不是时候。"

"哎,可别那么说。厨师正在写那种蛋糕的配方。珀西豪斯小姐用得着,我们真是高兴极了。你跟她住在一起吗?"

埃米莉不禁暗自窃笑,在整个斯塔福特村,也许就只有这幢房子里的人不知道她是何许人,也不明白她何以登门造访了。斯塔福特邸宅有主人,还有许多仆人。也许仆人知道她是谁——主人则显然不明就里。

"确切地说，我并不是跟她住在一起，"埃米莉说，"我其实是跟柯蒂斯太太住在一起。"

"那幢房子当然是太小，还住着她的侄儿罗尼，是吧？我想她那儿也没有可以让你住的房间。她人可好极了，对吧？很有个性，我老在想，我还真的很怕她呢。"

"她会吓唬人，是不是？"埃米莉愉快地表示同意，"当个会吓唬人的恶霸倒是挺诱人的呢，尤其是在别人不敢面对你的时候。"

威利特小姐叹了一口气。

"我倒希望能够面对别人，"她说，"整个上午那些记者真是缠得人害怕。"

"哦，当然啰，"埃米莉说，"这是特里维廉上校的房子，是吧？他就是那个在埃克桑普顿镇被谋杀的人啊。"

她决定要弄清楚维奥莱特·威利特小姐如此紧张害怕的原因。那姑娘的确是非常惊惶。有些事情使她感到害怕，而且十分惊恐。她是故意提起特里维廉上校的名字。那姑娘的反应并不明显，不过她很可能料到别人会这样问她。

"是的，很可怕，是吗？"

"告诉我吧——你不会介意谈谈这方面的情况吧？"

"不——不会——当然啰——怎么会呢？"

"这姑娘很不对劲呀，"埃米莉心想，"她连自己在说些什么都不清楚，今天早上到底有些什么事情特别使她提心吊胆呢？"

"是转桌祈灵吧，"埃米莉继续在想，"我偶然有所耳闻，真有意思，我是说完全是令人厌恶。"

"小姑娘的大惊小怪，"她暗想，"我猜是这么回事。"

"噢，真吓人哪，"维奥莱特说，"那天傍晚，我绝对不会忘记的。我们以为肯定是有人在瞎胡闹发傻劲儿，只不过这种玩笑实在是糟糕透顶。"

"是吗?"

"我绝对忘不了打开灯的那会儿——每个人看上去都是古里古怪的模样。除了杜克先生和伯纳比少校——他俩挺沉得住气，绝不会承认对那种事情有什么强烈的印象。不过你能看出伯纳比少校真的是非常不安。我认为实际上他比别人更相信会是真的。当时我却以为可怜的里克罗夫特先生要犯心脏病了，不过他对那种事情应该是见怪不怪的，他毕竟做过许多心灵方面的研究；至于罗尼呢，你知道，就是罗尼·加菲尔德，他看上去简直像白日见鬼似的，也许真的是见了鬼吧。甚至连妈妈也感到非常不安——以前我可没见她像这样儿。"

"这肯定是奇怪极了，"埃米莉说，"要是我能在现场目睹这一切那就好了。"

"真的非常吓人。我们原先都假装是——是开玩笑，你明白吧，但原来并不是这样。后来伯纳比少校突然决定要去埃克桑普顿镇，我们大家都劝他别去，说暴风雪会把他埋掉，可他执意非去不可。他走后我们大家都坐在客厅，忧悚交加。昨天晚上，不，是昨天上午，我们就听到了消息。"

"你以为是特里维廉上校的幽灵吧?"埃米莉的话音里充满了敬畏,"要不就认为是超人的洞察力或者心灵感应吧?"

"啊,我不知道,但我以后绝对不敢再嘲笑这类事情了。"

女仆托着一个盘子进来,然后把盘子上折好的纸条递给维奥莱特。

女仆退出客厅后,维奥莱特打开纸条看了一遍,然后把它递给埃米莉。

"给你,"她说,"说实话,你来得正是时候。谋杀案使仆人们非常不安,他们认为住在这荒野去处很危险。昨天傍晚妈妈对她们大发脾气,叫她们都收拾好东西回家。午饭后她们就要走了。我们要另外请两个男仆——一个负责管理日常事务,一个是厨师兼司机。我想这样会更好些。"

"那些女仆真傻,是吧?"埃米莉问道。

"即便特里维廉上校是在这幢房子里被谋杀的,也不应该这样啊!"

"你们怎么会想到要来这儿住呢?"埃米莉问道,尽量使这个问题听起来不惹人注意,只像个好奇的姑娘自然而然的发问。

"哦,我们原来还以为会很好玩呢。"维奥莱特回答道。

"你不认为这儿相当沉闷吗?"

"噢,不沉闷,我喜欢这个国家。"

然而她的目光却在回避埃米莉。有那么一会儿,她看上去疑虑重重,担忧害怕。

维奥莱特在椅子上不安地挪动着,埃米莉颇不情愿地站起身来。

"我该回去了,"她说,"非常感谢,威利特小姐,我真心希望你母亲平安无恙。"

"哎,她挺好的,就是那些女仆——还有些烦人的事情。"

"当然啰。"

埃米莉悄悄将手套丢在小桌子上,她动作很快,威利特小姐一点感觉也没有。维奥莱特·威利特陪着她走到大门口,愉快地说了几句话,互相道别。

女仆已经把门打开,维奥莱特关上了门,但埃米莉没有听见钥匙转动的声音;快走到大门时,她又慢慢地加快脚步往回走。

这次访问使她对斯塔福特邸宅的猜测得到了证实。这儿是有些情况不对劲。她并不认为维奥莱特·威利特跟谋杀案直接有关联——如果是那样的话,维奥莱特·威利特便是个极为出色的演员了。但是有些情况不对劲,有些情况跟那桩惨案有关系;在威利特母女和特里维廉上校三者间一定有某种联系,这种联系之中可能藏有解开整个秘密的钥匙。

她走到门口,轻轻转动手柄,跨进门槛。大厅里寂无人迹,埃米莉停住脚步,不知道下一步该做些什么。借口是有了——那双故意遗忘在客厅里的手套。她伫立在那儿,侧身倾听。除了从楼上传来的非常低声的话语外,没有别的声音。埃米莉尽量不发出一点声音地走到楼梯口那儿,站着往上看去,接着又小心翼翼地拾级而上。这样做很冒险。要说手套掉在二楼上是不可能的,但对于楼上传来的谈话声,她却极想偷听一番。在埃米莉看来,现代建筑师设计的门总是关不好的,可以听见门后屋里的低语声。所以只要走到门边,屋里的谈话便可以听得一清二楚。她上了一级楼梯——又上了一级……有两个女人的说话声,毫无疑问,是维奥莱特和她母亲的谈话。

谈话声突然停了——响起了脚步声。埃米莉赶紧往后退。

当维奥莱特·威利特打开她母亲房间的门,并且来到楼下时,她发现刚才来的那位客人正站在大厅里,像只小狗似的四下窥望着。

"我在找我的手套,"埃米莉解释道,"我一定忘在这儿了。我是回来找手套的。"

"我想是在这儿。"维奥莱特说道。

她俩走进客厅,在离埃米莉刚才坐过的那把椅子不远的小桌上,正放着那双忘记带走的手套。

"啊,谢谢了。"埃米莉说,"我真是蠢极了,老是丢三落四的。"

"这天气没有手套可不行,"维奥莱特说,"太冷了。"两人又一次在大厅的门口道别,埃米莉这一次听见了钥匙转动的声音。

她走下坡道,思绪如潮。因为刚才楼道上那扇门一打开,她就清楚地听见一个老年妇女所说的一句话,那语调既烦躁又哀怨。

"我的天哪,"那声音悲鸣道,"我可受不了啦,今天晚上不会再这样了吧?"

第十九章　种种推测

埃米莉回到柯蒂斯太太家时,她那位男朋友已经不知去向。柯蒂斯太太告诉她,恩德比先生跟几个年轻人出去了,有两封埃米莉的电报。她把电报打开,随即又揣进口袋里,柯蒂斯太太目不转睛地盯着那两封电报。

"不会是坏消息吧,嗯?"柯蒂斯太太问道。

"哎,不是。"埃米莉回答道。

"电报总是让我心惊肉跳的。"柯蒂斯太太说道。

"我知道,"埃米莉说,"很恼人的。"

此刻她心里一片空白,只希望独自一人待上一会儿。她想清理一下思绪,再好好思考一番。她上楼来到自己的小房间,拿起铅笔和一张纸,着手整理。就这样写了二十分钟后,恩德比先生打断了她的思路。

"嗨、嗨、嗨,你可回来了。舰队街的那些人整个上午都在找你,可哪儿也没能找到。我告诉他们别担心,对你来说,我才是最大的干扰呢。"

他在椅子上坐下,哈哈地大笑着。埃米莉则坐在桌子上。

"这件事情里并不含有妒忌和恶意,"他说,"我把货全交给他们了。这些人我都认识,挺熟的。太真实了反倒不好。我不停地掐自己,觉得过不了多久就会清醒的。

呃,我说,你注意到起雾了吧?"

"这可难不倒我,今天下午我得去埃克塞特,知道吗?"埃米莉说道。

"你要去埃克塞特?"

"对,我要去见戴克斯。他是我的律师,你知道吧,他也是吉姆的辩护律师。要见我。我想可以顺路去看看吉姆的詹尼弗姨妈。去埃克塞特半小时就够了。"

"你的意思是说她姨妈乘火车到了那儿,朝她弟弟头上来那么一下,而谁也没能注意到她曾经出过门。"

"哎呀,这听起来是很不可能的嘛,但每个细节总得了解清楚呀。我不是说我希望凶手就是詹尼弗姨妈——我可不这样想。我倒希望凶手是马丁·迪林,我就恨那种人,假装是别人的姻亲,明目张胆地干,你又不能当着众人的面掴他耳光。"

"他是那种人吗?"

"很可能就是那种人。当凶手是再合适不过了——老是接到以编书谋利的人发来的电报,又总是赌赛马输钱。他有很好的不在案发现场的证据,真烦死人了。迪林先生就是这样告诉我的。出版商和文学聚餐会看来无懈可击,又很冠冕堂皇。"

"文学聚餐会嘛,"恩德比说,"是星期日晚上。马丁·迪林——让我想想看,马丁·迪林——噢,对了,我几乎敢肯定是这么回事。见鬼,我真的是很有把握,我可以写信给卡拉瑟斯把事情敲定。"

"你在说些什么呀?"埃米莉问道。

"你听我说,我是星期五傍晚来埃克桑普顿镇的。呃,我当时要到一个朋友那儿去拿点材料。他也是个记者,名叫卡拉瑟斯。他准备六点半左右来看我——就在他去参加文学聚餐会之前——他是个大块头,这个卡拉瑟斯,还说如果来不了,就往埃克桑普顿镇给我写封信来。嗯,他没来成,倒是给我写了封信。"

"这一切没有什么关系呀。"埃米莉说道。

"别这么没耐心嘛,我就快说到点子上了。他写信说那老头很有兴致,美餐了一顿,我要的东西也都写上了,又说那老头对他大肆吹捧了一番,什么讲演啦,尽是蠢话,什么有名的小说家啦,有名的剧作家啦,如此等等。他还说就餐座位排得糟糕透顶,他旁边有个空位,本来是鲁比·麦卡莫特这位畅销书女作家应该坐的位子;另外一边也是个空位,原本是马丁·迪林这位性专家的位子。他就移到一位诗人的旁边去了,他想尽量利用这次文学聚餐会的机会多了解些情况,因为这位诗人在布莱克希思是很出名的。好了,你看出我的要点来了吧?"

"查尔斯,亲爱的!"埃米莉高兴极了,"好极了。那么这家伙根本就没去参加文学聚餐会啰?"

"正是这样。"

"你记得住那些名字,有把握吗?"

"当然有哇。我把那封信撕掉了,真可惜。但我可以写信给卡拉瑟斯把情况弄清楚。我知道自己没有弄错。"

"还有那位出版商,当然啰,"埃米莉说,"就是跟他待了一下午的那位。我认为那位出版商是要回美国,如果是这样，那可就奇怪了。我是说，要询问他说到的人就非得费许多周折不可。"

"你真以为我们弄清楚了？"查尔斯·恩德比问道。

"嗯，像是这么回事吧。我认为最应该办的事情就是直接去找那位可爱的纳拉科特警督，把这些新情况告诉他。我是说，我们设法找到那位出版商，他要么是在毛里塔尼亚号船上，要不就是在贝伦加里亚号船上，或者是在别的什么地方。那可就是警方的事了。"

"如果能成功，就成了独家新闻了！"恩德比先生说，"如果能成功，我猜想《每日电讯报》给我提供的至少是——"埃米莉毫不留情地打破了他的晋升美梦。

"我们可别昏了头，"她说，"把一切全捅出去。我必须去一趟埃克塞特，明天才能回来。不过我给你找了件事情干。"

"什么事情啊？"

埃米莉把访问威利特家的事以及那句莫名其妙的话都告诉了他。

"今晚会出什么事，我们必须绝对能料到才行。已经有谣传了。"

"这可不同寻常呀！"

"可不是吗？不过当然也可能是巧合，也许不是——但你已经发现女仆们全给打发走了。今晚那儿准有怪事要发生，你得去看看是什么怪事。"

"你是要我整个晚上待在灌木丛里发抖吗？"

"噢，你不会介意的，对吗？一切为了事业，新闻记者是不在乎的。"

"谁这么告诉你的?"

"别管是谁告诉我的,我知道是这样。你愿意去的,是吧?"

"呃,很愿意,"查尔斯说,"我不会错过任何机会的。如果今晚斯塔福特邸宅要出怪事,那我一定会在那儿等着。"

埃米莉把行李标签的事情告诉了他。

"很古怪,"恩德比先生说,"澳大利亚是老三皮尔逊所在的地方,对吧? 就是最小的那个。当然倒不一定就有什么问题,不过仍然——呃,可能有关系。"

"唔,"埃米莉说,"我想情况就是这样。你那方面有什么消息吗?"

"哦,"查尔斯说,"我有个主意。"

"是吗?"

"我唯一不清楚的,就是你是否喜欢这个主意。"

"你说什么——我是否喜欢这个主意?"

"你听了不会冒火吧,啊?"

"我想不会吧,我是说我希望自己能够又理智又平静地听别人的意见。"

"好吧,问题就是,"查尔斯依然狐疑不定地望着她,"别以为我是故意要惹人生气什么的,可你明白吧,你那位年轻人得全靠分毫不差的事实?"

"你是说,"埃米莉回答道,"谋杀就是他干的吧? 你要那样认为我也没办法。一开始我就对你说过了,那样认为是最便宜不过了，可我们得假定谋杀不是他干的呀。"

"我不是那个意思，"恩德比说，"我同意你的假设，不是他把老头儿干掉的。我的意思是，他自己所说的情况究竟真实到什么程度？他说他去了那儿，跟老头儿谈过，离开时老头儿还是好端端的。"

"是这样。"

"嗯，我刚才想，你并不认为会这样吧，就是他到那儿时发现老头儿已经死了，这是可能的吗？我是说，他也许听到了风声，吓得不敢那样讲了。"

查尔斯十分模棱两可地把自己的推测说完。使他稍感欣慰的是，埃米莉居然没有对他发脾气。相反，她眉头紧蹙，陷入沉思之中。

"我不愿意假装说这是可能的，"她说，"我以前没有想到，虽然吉姆不会谋杀任何人，却可能给吓坏了，于是就愚蠢地撒起谎来。当然啰，撒了谎就不得不撒到底。是的，这很可能。"

"最难办的是现在不能去问他，我是说他们不会让你单独见他，是吧？"

"我可以让戴克斯去见他，"埃米莉说，"我想，一个人只能单独去见自己的律师。最难办的是，吉姆固执得可怕，一旦他说出一件事来，他就会坚持说到底。"

"那可是我说的，我要坚持这样说到底。"恩德比先生颇为理解地说道。

"是的，你对我提到那种可能性，我很高兴，查尔斯。

这我没有想到过。我们一直在寻找某个吉姆走了之后才进去的人——可却是在吉姆到那儿之前——"

她顿住了,又陷入沉思之中。两种推测竟然如此大相径庭、截然不同。其中之一是里克罗夫特先生提出的,认为是吉姆跟他舅舅吵了架,这是关键。另外一种推测是跟吉姆毫无关系。埃米莉觉得,首先要做的事情是去见首次检查尸体的医生。如果特里维廉上校可能是,譬如说吧,在四点钟时遇害的,那不在犯罪现场的问题就大不相同了,再就是请戴克斯促使他的当事人绝对要说出事实真相来。

她跳下桌子,站住了。

"哦,"她说,"你最好考虑一下我怎么去埃克桑普顿镇的问题。我想,铁匠家的那个人有辆汽车。你能不能去跟他说说,让他开车送我去。我午饭后马上出发。三点十分有一班开往埃克塞特的火车。那样我就有时间先去见医生了。现在几点钟了?"

"十二点半。"恩德比先生一边看手表,一边说道。

"我们一起去落实汽车的事情吧,"埃米莉说,"离开斯塔福特村之前,我还有件事情要办。"

"什么事情啊?"

"我要去见杜克先生。他是我在斯塔福特村唯一还未见过面的人。他也是参加转桌祈灵的人之一。"

"嗨,去铁匠家的路上要经过他的房子。"

杜克先生的房子是那一排的最后一幢。埃米莉和查尔斯拉开大门的插销,走上小径。这时发生了他们未曾预料到的情况。门打开后，一个男人走出来，此人竟然是纳拉科特警督。

纳拉科特警督也觉得很吃惊，埃米莉心想，甚至还有点难为情呢。

埃米莉打消了原来的想法。

"见到你真高兴，纳拉科特警督，"她说，"如果行的话，我有一两件事情要跟你谈谈。"

"我很乐意，特里富西斯小姐，"他掏出一只手表。"恐怕得快点说，有辆车在等我。我得马上赶回埃克桑普顿镇。"

"运气真是太好了，"埃米莉说，"我可以搭你的便车吧，警督？"

警督很木然地说，他很高兴能这样。

"你帮我把手提箱拿来吧，查尔斯，"埃米莉说，"是收拾妥当了的。"

"在这儿见到你真令人吃惊啊，特里富西斯小姐。"纳拉科特警督说道。

"我说过会再见面的嘛。"埃米莉提醒他。

"我当时根本没注意。"

"你已经好长时间没有见到我了。"埃米莉诚恳地说，"你知道吧，纳拉科特警督，你犯了个错误。吉姆并不是你要追捕的人。"

"真的！"

"而且我还相信，"埃米莉说，"你内心是同意我的说法的。"

"你为什么要那么想呢,特里富西斯小姐?"

"那你又在杜克先生的房子里干嘛呢?"埃米莉针锋相对,毫不退让。

纳拉科特有点尴尬。

她马上又接着说:

"你心里是怀疑的,警督。你就是那样——是怀疑的。你原以为抓对了人,可现在你拿不准了,所以又在做调查。呃,我了解到一些情况,可能会有帮助。在去埃克桑普顿镇的路上我会告诉你的。"

路上传来脚步声,罗尼·加菲尔德来了。那副模样活像个逃学的学生,气喘吁吁,内疚不安。

"嗨,特里富西斯小姐,"他说,"今天下午去散散步怎么样? 我姨妈在午睡,你知道的。"

"不行啊,"埃米莉说,"我要去埃克塞特了。"

"什么,真的吗? 你是说一去不返了吗?"

"噢,不是的,"埃米莉说,"我明天上午还会回来的

"啊,那太好了。"

埃米莉从口袋里掏出一件东西,递到他手上。"把这交给你姨妈吧,好吗? 是咖啡蛋糕的配方,告诉她这配方要得正是时候,厨师明天就要走了。别的女仆也要走。一定得告诉她,她会感兴趣的。"

微风中从远处传来一阵尖声呼叫:"罗尼! 罗尼! 罗尼!"

"是我姨妈在叫我,"罗尼紧张地一跃而起。"我得走了。"

"我看你是该走了,"埃米莉说,"你左脸上粘了绿油漆。"她在他身后又叫道。罗尼已经闪身进了她姨妈家的大门。

"我的男朋友把手提箱拿来了。"埃米莉说,"走吧,警督,我会在车上把一切全告诉你。"

第二十章　造访詹尼弗姨妈

两点半钟,华伦医生接到埃米莉打来的电话。他立即对这位办事认真、美丽诱人的姑娘产生了好感,她提问题十分大胆,而且切中要害。

"是的,特里富西斯小姐,我很明白你的意思。你知道,跟小说里通常的看法正好相反,确定死亡时间是特别困难的。我见到尸体时是八点钟。可以非常肯定地说,特里维廉上校至少已经死了两个小时。是否更长就很难说了。如果你认为他是四点钟遇害的,我也应该认为有可能,不过我倾向于认为是稍晚一些。另外一方面,死亡时间也肯定不会太早,应该在四点至四点半之间,这就是最大限度了。"

"谢谢,"埃米莉说,"我正想了解这种情况。"

她乘三点十分的火车,直接到了戴克斯先生下榻的旅馆。

两人的谈话全然实事求是,不带一点感情色彩。从埃米莉幼年时代起,戴克斯先生就认识她了,成年后,戴克斯先生就负责帮助她处理法律方面的事情。

"你必须对惊人的后果有思想准备,埃米莉,"他说,"情况比我们设想的对皮尔逊更不利。"

"更不利吗?"

"是的。用不着转弯抹角。有些事实也查清楚了,肯定对他极为不利。正是这些事实使警方认定他犯了谋杀罪。如果我对你隐瞒这些事实,那我就跟你的利益背道而驰了。"

"请把这些事实告诉我吧。"埃米莉说道。

她的语调极为平静自持。不管内心如何震惊,她绝不把自己的心情表露在外。心情是救不了皮尔逊的,要靠头脑。

"毫无疑问,他亟须用钱,眼下暂时不谈伦理方面的问题。在此之前,皮尔逊一直不时借贷,婉转点说,是从他的公司借贷,不过公司不知情罢了。他喜欢搞股票投机,在以前的一次投机中,他知道有些红利会在一个星期之内进他的账。有鉴于此,他便挪用公司的钱买进某种股票,他十分有把握,认定这种股票价格会上涨。交割非常顺利,钱也抵了账,皮尔逊确实也并不怀疑交割是诚实无欺的。一星期前他又如法炮制,可这次的结果就殊难逆料了。公司的账本在预先说明的日期要进行核查。由于某种原因,查账提前,于是皮尔逊便陷入进退两难的尴尬境地。他对自己挪用的款项数目非常清楚,绝对凑不足那笔挪用的款项。他承认自己四处筹措均未成功,出于无奈,他去了德文郡,把事实真相对他舅舅和盘托出,想说服他舅舅伸出援救之手,可是特里维廉上校却一口拒绝了。

"呃,我亲爱的埃米莉,我们无法阻止这些事实公之于众。警方已经把情况调查清楚。你看吧,我们不是有

造访詹尼弗姨妈

了一个非常急迫的犯罪动机吗？特里维廉上校一死，皮尔逊便可以很容易地得到必需的钱，以弥补从柯克伍德先生那儿挪用的款项，从而把自己从灾难之中挽救出来，还可能是从刑事诉讼中脱身呢。"

"咳，这个呆子。"埃米莉无可奈何地说道。

"的确是个呆子。"戴克斯干巴巴地说，"看来我们只有一个机会，就是证明吉姆·皮尔逊对他舅舅的遗嘱条款毫不知情。"

埃米莉思忖着，沉默不语。然后，她平静地说：

"恐怕不行。他们三个人全知道——吉姆、西尔维亚和布赖恩都知道遗嘱条款。他们常常谈起，大笑不止，还开德文郡这位有钱舅舅的玩笑。"

"哎呀，哎呀，"戴克斯先生说，"这真是不凑巧啊。"

"你认为他没有罪吧，戴克斯先生？"埃米莉问道。

"奇怪得很，我并不认为他有罪，"律师回答道，"在某些方面吉姆·皮尔逊是个极其诚实的年轻人。如果你不介意，我要说他缺少标准非常高的商业诚实性格，可是我一点也不相信他会用铁管子砸他舅舅的脑袋。"

"唉，那也好，"埃米莉说，"我倒希望警方的看法跟你一样。"

"是这样，我们自己的印象和看法派不上什么实际的用场。很不幸，对他的指控是强有力的。我并不打算对你隐瞒，亲爱的孩子，前景不妙啊！我建议请王室法律顾问洛里默来为他做辩护。人们都管他叫绝望者的救星呢。"他愉快地补充道。

"我还想知道一个情况,"埃米莉说,"你当然已经见过吉姆了吧?"

"当然了。"

"希望你坦诚告诉我,你是否以为他在别的事情上说的是真话?"她把恩德比对她谈过的想法扼要地说了一遍。

回答之前,律师慎重考虑了一番。

"根据我所获得的印象,"他说,"谈到他跟他舅舅见面的事情说的是真话,不过毫无疑问,他已经听到了风声。如果他走到窗前,从窗户进去,就会发现他舅舅的尸体——他可能是给吓坏了,不敢承认是这样,于是就另编了一套谎话。"

"我也这样想过,"埃米莉说,"你下次见到他时,戴克斯先生,你能促使他说真话吗? 这样会使事情大为改观的。"

"我会的,反正都一样,"他稍稍停顿了一下,"我认为你的这个想法不对。特里维廉上校遇害的消息大概八点钟时就已经传遍了埃克桑普顿镇。那时候最后一班火车已经开往埃克塞特,但吉姆·皮尔逊却乘的是第二天上午最早的一班——这样做实在太不明智,于是他的行动就很引人注目了。如果他乘火车的时间选得正常一点,情况就不至于会这样。如果像你所说的那样,他四点半钟以后发现了他舅舅的尸体,我认为他马上就会离开埃克桑普顿镇的。六点钟以后不久有一班火车,八点差一刻还有另外一班。"

"这是个重点,"埃米莉承认道,"我没有考虑到。"

"我只问他是怎么进入他舅舅的房子的,"戴克斯继续说,"他告诉我特里维廉上校要他把靴子脱掉,放在门廊里。这可以解释大厅里何以没有湿脚印了。"

"他说没有听到什么声音——什么也没听到——这使他以为房子里可能还有别的人吗?"

"他没有提到,但我可以问他的。"

"谢谢你,"埃米莉说,"我写张条子,你能交给他吧?"

"但得当场念,肯定得这样。"

"哦,那这种条子就必须是写得很谨慎了。"

她绕到写字台前,草草写了几句话:

> 最亲爱的吉姆,一切都会没事的,打起精神来吧。我正在像干苦役般地查明真相。你真是傻透了,亲爱的。
>
> 　　　　　　爱你的
>
> 　　　　　　　埃米莉

戴克斯先生把条子看了一遍,未作评论。

"我写这张条子是费了点劲,"埃克莉说,"这样监狱的管理人员读起来就容易了。现在我得走了。"

"喝杯茶再走吧。"

"不,谢谢了,戴克斯先生。我没时间了。我要去见吉姆的姨妈詹尼弗。"

在月桂邸宅,仆人告诉埃米莉,加德纳太太外出,但得快就会回来。

埃米莉对仆人莞尔一笑。

"那我就进来等着吧。"

"你愿意见见戴维斯护士吗?"

埃米莉任什么人都愿意见。"好的。"她很快就答应了。

过了几分钟,戴维斯护士来了。她身着浆过的衣服,满脸好奇的神色。

"你好,"埃米莉说,"我是埃米莉·特里富西斯,算是加德纳太太的侄女吧。就是说,我将来会是她的侄女。我的未婚夫吉姆·皮尔逊被逮捕了,想必你知道吧。"

"啊,真太可怕了。"戴维斯护士说,"我们在今天上午的报纸上看到了。这事情真可怕。你看来还挺得住,特里富西斯小姐,这真是好极了。"

护士的话中有一丝不满的味道。她暗示,医院的护士由于性格坚强能挺住,而一般的人是会泄气的。

"哎,一个人不该屈膝投降嘛,"埃米莉说,"我希望你别太介意我这样说话。我的意思是,跟一个发生了谋杀案的家庭搅到一起,对你来说一定是很难堪的。"

"是很不愉快,当然啰,"戴维斯护士对这种关切毫不领情。"不过,对病人的责任至高无上。"

"真棒极了,"埃米莉说,"詹尼弗姨妈有个人能依靠,这太好了。"

"啊,是这样的,"护士悻悻然地窃笑道,"你太好了,不过,当然啰,我从前也有过奇怪的经历。呃,就是我照料的病人——"埃米莉耐着性子听她讲述一个冗长乏味的故事,其中包括丑闻,由此引发的情况复杂的离婚以及作为父亲所应尽的责任等等问题。埃米莉对戴维斯护士的老练机敏和圆滑处世的手腕大加恭维,最后,她又把话题转到加德纳太太身上。

"我还不认识詹尼弗姨妈的丈夫,"她说,"我没见过他。他是从不出门的,对吧?"

"是这样,可怜的人。"

"他的病情到底怎么样啊?"

戴维斯护士谈起这个问题来,极富职业兴趣。

"这个嘛,听你说,他的健康状况会突然好转的。"埃米莉若有所思地说道。

"他可能只是极度虚弱吧。"护士说。

"啊,当然啰。这倒似乎更有希望些,是吗?"

护士摇了摇头,表现出职业性的深思熟虑,口气十分坚定。

"我认为他的病是治不好的。"

埃米莉已经在她那个小小的笔记本里写好了时间表,其中还包括她所说过的詹尼弗姨妈不在作案现场的证据。此刻她试探性地小声说道:

"真够古怪的,就在她的弟弟被人谋杀那当口,詹尼弗姨妈竟然会在画廊里欣赏绘画。"

"很惨,对吧?"戴维斯护士说,"当然啰,她也说不出什么来——后来的打击是太大了嘛。"

埃米莉不想用直接提问的办法来进行了解，她心里暗暗打定了主意。

"她是否产生过什么幻觉，或者预感？"她探询道，"你是在大厅里遇见她的吗？她进屋时看上去模样很古怪，这是你说的吧？"

"哎，不是我，"护士说，"不是我。我是在吃晚饭时才见着她的，当时她看起来跟平时没什么两样。这可真有趣。"

"我想我是把事情弄混了。"埃米莉说道。

"也许是别的某个亲戚吧，"戴维斯护士提醒道，"我自己很晚才进屋。把病人撇下了老长一段时间，我觉得很过意不去。不过倒是他本人让我去的。"

她突然瞧了一眼手表。

"哎呀，我的天，他要我给他换热水袋的。我得马上去给他弄。请原谅，特里富西斯小姐。"

护士走了之后，埃米莉来到壁炉那儿，摁了铃。

那位穿着邋遢的女仆走进客厅，脸上是一副受了惊吓的表情。

"你叫什么名字啊？"埃米莉问道。

"我叫比阿特丽斯，小姐。"

"呃，比阿特丽斯，我可能等不到姨妈回来了，加德纳太太——我想问她星期五上街买了些什么。你知道吧，她是不是买了一大包东西携回家了？"

"没有，小姐，我没看见她进屋。"

"我记得你说过她是六点钟回来的。"

造访詹尼弗姨妈

"是的,小姐,是这样。可我没看见她进屋。七点钟我送了些热水到她屋里,我大吃一惊,因为我看见她没开灯躺在床上。'哦太太,'我对她说,'你真把我吓的。''我早就回来了,六点钟回来的。'她说。我哪儿也没看见什么大包裹。"比阿特丽斯竭尽全力想对她有所帮助。

"真太难了,"埃米莉暗想,"得想出这么些招数来。我已经凭空编出了一种预感和一个什么大包裹,但是看得出,如果不想引人怀疑的话,就得发明些什么才行。"

她笑容可掬地说:

"很好,比阿特丽斯,没什么。"

比阿特丽斯出了房门,埃米莉从手提袋里拿出一张地方火车时刻表,仔细研究起来。

"圣戴维火车站,从埃克塞特开车的时间是三点十分,"她小声念道,"到达埃克桑普顿镇的时间是三点四十分。有时间进入弟弟的房子进行谋杀——这听起来简直像衣冠禽兽一般,冷酷无情——也是胡猜乱想——有半小时到三刻钟的时间。回来的火车呢?四点二十五分有一班,戴克斯还说六点十分有一班,七点差二十三分进站。是的,实际上两种可能性都有。护士没什么值得怀疑的,这真可惜。她一下午都在外面,也没有知道是在哪儿。当然啰,我并不是真的怀疑这屋里有谁杀害了特里维廉上校,但知道他们有这样做的可能,仍然令人感到多少有点安慰吧。嗨,还有那扇前门呢。"

大厅里传来低语声,门打开了,詹尼弗·加德纳走进客厅里。

"我是埃米莉·特里富西斯,"埃米莉自我介绍道,"你知道——我跟吉姆·皮尔逊是订了婚的。"

"这么说你就是埃米莉哪,"加德纳太太一边说,一边跟她握手。"哦,真想不到呀!"

一刹那间,埃米莉觉得自己十分虚弱,而且渺小。好像一个小女孩在干傻事一般。詹尼弗姨妈是个极不寻常的人物,很有个性,真是老将出马一个顶俩啊。

"喝茶了吧,亲爱的?那我们一块儿来喝茶吧。稍等一下——我得先上楼去看看罗伯特。"

提到丈夫的名字时,她脸上掠过一丝奇怪的表情。强硬而悦耳的说话声也变得柔和了,宛若一束光线照射到水面的涟漪上。

"她很尊敬他,"埃米莉暗忖,此时客厅里只剩她一个人,"詹尼弗姨妈有一种令人感到害怕的东西,不知道罗伯特姨父是不是喜欢这样被人尊敬。"

詹尼弗·加德纳回到客厅,摘下了帽子。埃米莉很欣赏那往后直梳的光滑的头发。

"你想谈谈吗,埃米莉?或者是不想谈?如果不想谈我认为也是正常的。"

"谈得再多也没用,对吗?"

"我们只能希望,"加德纳夫人说,"警方会很快查明凶手。摁一下铃好吗,埃米莉?我叫人把护士的茶送上楼去。我不想让她在这儿闲聊。我真恨死这些医院护士了。"

"她是个好护士吗?"

"我想是吧。罗伯特也认为是这样。可我恨死她了，罗伯特还说她是我们遇到过的最好的护士呢。"

"她看上去挺漂亮的嘛。"埃米莉说道。

"胡说！就凭她那双令人惨不忍睹的粗手吗？"

埃米莉仔细地看着她姨妈那修长的手指。她的两只手正拿着牛奶杯和糖钳。

比阿特丽斯拿起茶杯和一碟食物，出了客厅。

"罗伯特对这一切感到非常不安，"加德太太说，"他变成那副怪模样，我想这倒真的成了他所患疾病的一部分了。"

"他不太了解特里维廉上校，是吗？"

詹尼弗·加德纳摇摇头。

"一点也不了解，也不关心他的事情。说老实话，对他的死我也假装不出多大的悲伤来。他是个既冷酷又吝啬的人，埃米莉。他知道我们在苦苦挣扎。就是穷呗！他也知道及时借给罗伯特一笔钱就能让他得到特殊治疗，会使他的病情大为好转的。唉，他这是遭了报应啊。"

她的声音十分低沉压抑。

"她是个多么奇怪的女人啊！"埃米莉心里想道，"又美丽又可怕，正像希腊悲剧里的人物。"

"也许还不算太晚。"加德纳太太说，"我今天给埃克桑普顿镇的律师写了一封信，询问是否可以预支一笔钱。在某种程度上，我所说的那种特殊治疗会被别人称为江湖疗法，但在许多病例上都证明是有效的。埃米莉——如果罗伯特能走路那该有多好啊。"

她满脸容光焕发，像被电灯照亮了似的。

埃米莉觉得十分疲倦。劳累了一整天，几乎什么也没吃，再加上心情压抑，她被弄得精疲力竭。她只觉得整个房间在摇晃，一忽儿变得很远，一忽儿又挪得很近。

"你不舒服吗，亲爱的?"

"没关系，"埃米莉喘了口气，心里的烦恼和委屈变成了滚滚泪水，连她自己也大吃一惊。

加德纳太太并没有站起来安慰她，这反倒让埃米莉很感激。她默然无语地坐在那儿，直到埃米莉停止哭泣，才体贴地小声说道：

"可怜的孩子。吉姆被逮捕真是太不幸了——非常不幸。我希望——能想点办法才好。"

第二十一章　恩德比先生与柯蒂斯太太长谈

独自一人留下以后,查尔斯·恩德比不敢稍有松懈。为了熟悉斯塔福特村的生活,他只能依赖柯蒂斯太太,把她当作个汲取情况的小水龙头。他有点头晕目眩地听着她滔滔不绝地谈论轶闻奇事,往事谣传、种种揣测和平常琐事,竭尽全力从中筛选出自己需要的素材。接下去他又提到一个人的名字,马上把她的注意力引向自己所希望的方向。这次他听到了有关怀亚特上尉的详细情况。上尉那犹如热带风暴般的脾气、行为举止上的粗鲁无礼、跟邻居的大吵大闹以及偶尔显露的令人惊讶的优雅风度,而这种优雅风度又常常是以讨人喜欢的年轻女人为对象;还有他让那位印度仆人过的生活、不同寻常的进餐时间以及每天几餐饭的特殊食谱。他也听说里克罗夫特先生有个犹如图书馆般的书房,他常用的润发油,对整洁和准时的严格要求,对别人的所作所为表现出的特殊兴趣,最近卖掉的几件早年获得的奖品,对鸟类的偏爱以及有关威利特太太在向他献殷勤的令人惊讶的看法。他还听说了珀西豪斯小姐的尖嘴利舌、能言善辩,她训斥侄儿的那种方式以及有关那个侄儿在伦敦过的放荡生活的谣传。他再一次听说了伯纳比少校和特里维廉上校之间的友谊、对往事的回忆以及他俩对棋类游戏的共同喜爱。

他了解到了有关威利特母女俩的一切，包括维奥莱特·威利特小姐吊罗尼·加菲尔德先生的胃口而并非真正爱他的看法。柯蒂斯太太还暗示，她常常令人不解地去高沼地闲逛，有人看见她跟一个年轻男人在一起散步。正由于这个原因，柯蒂斯太太猜想，她们才搬到这偏僻之地的。她母亲就这么带着她，好"避邪"。可是这样做也不行——"姑娘们远比太太们狡猾多了，而太太们却做梦也想不到这一点。"关于杜克先生，却所闻甚少，这是非常奇怪的。只知道他刚搬来不久，整天价拾掇他那个花园。

到了三点钟，柯蒂斯太太的侃侃而谈弄得恩德比先生脑袋发胀、两眼发花，他只好出门去闲逛，好让心情松弛下来。他本来就很想跟珀西豪斯小姐的侄儿混得更熟一些，于是就小心翼翼地把珀西豪斯小姐的房子侦察了一遍，发现没办法知道那位侄儿是否就在里面，不料却碰见了从斯塔福特邸宅的大门里走出来的罗尼，真是太幸运了。只见罗尼一副愁容满面、郁郁寡欢的模样，活像碰了钉子而垂头丧气似的。

"哈啰，"查尔斯打个招呼，"喂，那是特里维廉上校的房子吧？"

"对极了。"罗尼回答道。

"我今天上午本来想给它拍张照片的，好用在我们的报纸上，你知道吧，"他说，"可这种天气拍照片实在是不行啊。"

罗尼毫不疑心地就认可了他的说法，连想也没想拍照片非得阳光灿烂的日子才行，能上报的照片是非常少的。

"这工作肯定是怪有趣的吧——我是指你干的工作。"他说道。

"干这工作日子可难哪。"查尔斯说道。绝不要对某种工作表露热情,他对这个常规是极为遵循的。"我想这是个让人不开心的地方。"他转过脸去,望着斯塔福特邸宅。

"威利特一家子搬来后,情况就在不断地发生变化,"罗尼说,"去年这时候我也在那儿住过,可现在却几乎认不出是原来的那幢房子了。哈,你可不知道她们都干了些什么。家具挪动了位置,我想,还弄来了垫子啦什么的。真是老天赐福让她们搬到那儿,我告诉你就是这么回事。"

"一般而论,那不会是个很让人快活的去处,我认为是这样。"查尔斯说道。

"快活?如果我在那儿住上两个星期,那准得完蛋。我姨妈费那么大的劲要活下去,这简直是要我的命嘛。你还没见过她弄的那些猫呢。我今天上午给一只猫梳毛,可你看那小畜生是怎么抓我的吧。"他伸出手来,察看着手掌和手臂。

"运气可不好呀。"查尔斯说道。

"是啊。我说,你是在搞侦查吧?如果是这样,我可以帮你的忙吗?你是福尔摩斯,我就是华生什么的,行吗?"

"斯塔福特邸宅有什么线索吗?"查尔斯漫不经心地问道,"我的意思是,特里维廉上校没在那儿留下什么东西吗?"

"我看是没有。我姨妈说他把自己的东西都一股脑儿全搬走了。大象鞍子、河马牙做的钉子,所有的运动步枪,这些劳什子全都带走了。"

"好像是不打算回来了似的。"查尔斯说道。

"我看——这想法不错。你不会认为是自杀吧,啊?"

"一个能用铁管子准确击中他自己后脑勺的人,在自杀者的世界里可能是个艺术家吧。"查尔斯回答道。

"是的,那种自杀的看法没多大意思。看来他是有预感的。"罗尼的表情变得愉快起来。"瞧,这怎么说? 冤家对头紧追不舍,他知道他们会来,所以就打点好避开,把房子租给威利特母女俩,好像是这样。"

"威利特母女俩本身也是奇妙得很哪。"查尔斯说道。

"对,可我看不明白研究是怎么回事儿。想想看吧,跑到乡下来这么待着是什么意思嘛。维奥莱特好像倒不在乎——实际上她说挺喜欢的。我不知道她今天是怎么了。我看是由于家庭矛盾吧。我真不明白女人干吗要这么操心仆人的事情。如果不好使唤,就让他们走好了。"

"她们已经辞退了仆人,不是吗?"查尔斯问道。

"是的,这我知道。可她们为此争论得不可开交哇。做母亲的躺倒在地,歇斯底里大哭大叫,做女儿的则像只野鸽子叽里咕噜地恶言恶语。我刚才只好一走了之。"

"她们叫了警察吧,是吗?"

罗尼目瞪口呆。

"警察？不，干吗要叫警察？"

"噢，我也不知道。今天上午我看见纳拉科特警督在这儿呢。"

罗尼的手杖咔嚓一声掉在地上，他弯腰拾了起来。

"你说今天上午谁在斯塔福特村来着——是纳拉科特警督？"

"正是。"

"他——他是负责特里维廉一案的人吧？"

"说得对。"

"他在斯塔福特村干吗？你在哪儿见到他的？"

"啊，我看他是在四处打探吧，"查尔斯说道，"是在调查特里维廉上校过去的情况。"

"你认为就这些？"

"我想是这样。"

"他不会以为斯塔福特村的人跟案子有关系吧？"

"不太可能，是吗？"

"哦，真吓人。不过你明白警方是怎么——回事了吧——总是瞎忙乎。至少侦探小说里是这么写的。"

"我认为他们是一群相当聪敏的人，"查尔斯说，"当然啰，报界也帮了他们不少的忙。"他又说："如果你真正认真仔细地读一下案情，他们实际上是在毫无证据的情况下追捕到凶手的，这真是太使人吃惊了。"

"呃——哦——了解这种情况真好，是吧？他们是很快就找到了这个名叫皮尔逊的人的。这案子看来很清楚。"

"最清楚不过了，"查尔斯说，"被逮捕的人不是你，也不是我，这本身就是件好事嘛，嗯？哦，我得去发报了。这地方的人好像不大习惯发电报。如果你一次发报的费用超过半个克朗，好像她们就认为你是从疯人院逃出来的疯子似的。"

查尔斯发了电报，买了一包香烟，几颗不起眼的薄荷糖，还有两本很旧的平装本小说。他回到柯蒂斯太太家，躺到床上就昏然入睡，周围的人此时正在把他，特别是把埃米莉·特里富西斯小姐谈个没完没了，而他则幸运地毫不知情。

可以相当有把握地说，眼下斯塔福特村的人谈论的话题有三个：一是谋杀案，二是普林斯顿监狱的逃犯，再就是埃米莉·特里富西斯小姐和她的表哥。在某个时候，实际上是有四场不同谈话人的闲聊时，她都是议论的中心。

第一个地方是斯塔福特邸宅，维奥莱特·威利特和她母亲正由于客人离去在收拾茶具。

"是柯蒂斯太太告诉我的。"维奥莱特说道。

她看上去仍然苍白而憔悴。

"那女人说起话来简直就是一种病态。"她母亲说道。

"我知道，看来那姑娘是跟个表哥什么的待在那儿，她今天上午也提到是在柯蒂斯太太家，而且认为只是由于珀西豪斯小姐没房间让她住，而且看起来她直到今天上午也还没见到珀西豪斯小姐。"

"我讨厌那个女人。"威利特太太说道。

"你说的是柯蒂斯太太吧?"

"不是,不是,是珀西豪斯那个女人。那种女人相当危险。她们活着就是为了探听别人的隐私。竟然叫那个姑娘来要咖啡蛋糕的配方!我真想送她一块下了毒的蛋糕呢,那她就再也不会干涉别人的事情了。"

"我想我该想到的——"维奥莱特说,可是她母亲却打断了她的话头。

"你怎么能想得到呢,亲爱的。反正,没什么坏处吧?"

"你认为她干吗要来这儿?"

"我认为她心里并没有什么确定的想法。她只是在侦察地形罢了。柯蒂斯太太确实相信她跟吉姆·皮尔逊是订了婚的吗?"

"那姑娘告诉过里克罗夫特先生的。我相信是真的,而柯蒂斯太太却说她打一开头就不相信是真的。"

"噢,那整个事情就很自然了。她只是茫无头绪地在查找可能会有帮助的情况。"

"你没有见到她,妈妈,"维奥莱特说,"她可并不是茫无头绪啊。"

"我真希望见过她就好了,"威利特太太说,"可我今天上午头都快炸了,我想这是反应吧,是昨天跟那位警督谈话造成的。"

"你真是太惨了,妈妈,我要是没有变成个彻头彻尾的傻瓜,竟然昏倒在地就好了。唉,出了那样的洋相我真是不好意思啊。而你却如此镇定自如——连眼皮也没眨一眨呢。"

"我是受过良好训练的,"威利特太太的声音干巴巴的,毫无感情。"你要是经历过我所经历过的一切——不过,我倒希望你不会这样,孩子,我确信你将来的生活是幸福安宁的。"

维奥莱特摇摇头。

"恐怕——恐怕——"

"胡说。至于你刚才说的昨天因为昏倒就出了洋相——没那么回事。别担心了。"

"可是那位警督——他一定会以为——"

"是提到吉姆·皮尔逊使你昏倒的吧?是的——他会以为就是那样。那个纳拉科特警督并不傻,不过他真要犯傻了可怎么办?那他就会怀疑这当中有什么关系——然后就想找出这个关系来——但他永远也找不出来。"

"你认为他找不到吗?"

"当然找不到!他怎么能找到?相信我吧,维奥莱特亲爱的。那肯定是绝对不可能的,也许你昏倒反而是件好事。我们就这样想好了。"

第二个地方是伯纳比少校家。那场谈话有点像是单口相声,说话的只是柯蒂斯太太,她早就做出要告辞的样子,可是半小时过去了,她仍然待在那儿没走。她是顺路来收伯纳比少校要洗涤的衣物的。

"就像我姑太萨拉的女儿贝林达,我今儿早上就跟柯蒂斯这么说来着,"柯蒂斯太太洋洋得意地说,"是个老谋深算的女人哪——就是那种把男人弄得神魂颠倒的女人,用一根指头就能把他们全转得昏了头。"

伯纳比少校大声嘟囔了一下。

"跟一个年轻男人订了婚,又搅上另外一个,"柯蒂斯太太说,"就跟我姑太萨拉的女儿贝林达一个样,简直就是她的翻版嘛。而且还不是为了闹着玩儿,你可得小心着。这不是轻浮——她可是个老谋深算的女人。这个乳臭未干的加菲尔德呀——你还没闹明白是怎么回事,他可就上了钩了。今儿早上我看见他就像头绵羊似的,我还没见过有什么别的年轻男人像他那副模样——这准是没错的。"

她停下来,喘了口气。

"好啦,好啦,"伯纳比少校说,"别让我耽误你了,柯蒂斯太太。"

"实际上柯蒂斯也该喝茶了,"柯蒂斯太太说,仍然坐着没动。"我是受不了别人唠叨的。去干你的活吧——我经常这样说来着。说到干活,你是怎么个说法,先生,是换换口味?"

"不是!"伯纳比少校使劲说道。

"已经干了一个月了呢。"

"不,我倒想知道哪儿能有点活干干呢。这么换了一次口味后一切就乱了套。"

柯蒂斯太太叹了口气。她干洗涤活是一点热情也没有,可也不想换什么口味。

"怀亚特上尉能搞大扫除，"她说，"他的那个什么土著仆人——我倒想知道他懂得什么清洁呢？那黑人可真讨厌。"

"没什么比得上土著仆人的了，"伯纳比少校说，"他们很在行，只干活不多话。"

这个暗示对柯蒂斯太太来说犹如对牛弹琴。她的心思又回到刚才谈过的话题上。

"她收到两封电报——半小时前收到的。可把我吓了一跳。瞧她读电报的那副镇定自若的模样！后来她跟我说要去埃克塞特，明天上午才能回来。"

"她的那位年轻人跟她一块儿去了吧？"少校问道，心里怀着一点希望。

"没有，他还在这儿。是个说话挺讨人喜欢的年轻人，他俩倒是挺不错的一对儿。"

伯纳比少校又嘟囔了一声。

"行了，"柯蒂斯太太终于说道，"我看我得回去了。"

少校连大气也不敢出，生怕扰乱她要走的决心。柯蒂斯太太这回可是说走就走，门在她身后关上了。

少校松了口气，拿出一只烟斗，开始考虑起某个矿场的前景来。用相当乐观的话来说，这个矿场必定会使任何人起疑心，可就是引不起寡妇或者退休军官的怀疑。

"百分之十二，"伯纳比少校小声说，"听起来还不错嘛……"

此时隔壁的怀亚特上尉正在给里克罗夫特先生制定规则。

恩德比先生与柯蒂斯太太长谈

"你这家伙,"上尉说,"简直也太不懂事。好像这辈子白活了。一天艰苦的日子也没遇到过。"

里克罗夫特先生无言以对,要不对怀亚特上尉恶言反诘是挺难的,通常不搭讪反倒好些。

上尉仰靠在那把病人用的椅子上。

"那坏女人上哪儿去了?漂亮的小娘们儿。"他又说道。

他心里产生这种联想是很自然的。然而里克罗夫特先生却没有这种联想,他瞧着上尉,一副亲眼目睹丑行而深感愤慨的模样。

"她在这儿干吗?我倒真想知道。"怀亚特上尉说,"阿布杜尔!"

"老爷有什么吩咐?"

"狗在哪儿?它又出去了吧?"

"在狗窝里,老爷。"

"好,别喂它吃的。"他又仰靠在椅子上,开始想别的问题。"她到这儿来干吗?在这样的地方跟谁谈话呢?你们这些老家伙会讨厌她的。今天上午我跟她说了几句话。这儿竟然会有我这样的人,我料到她会感到吃惊的。"

他捻了捻胡须。

"她是詹姆斯·皮尔逊的未婚妻,"里克罗夫特先生说,"你知道吧,就是那个因特里维廉谋杀案被捕的人。"

怀亚特上尉正把一杯威士忌送到嘴边,一听这话那酒杯掉落在地,摔得粉碎。他立即大声吼叫着呼唤阿布杜尔,粗鲁地责骂着,怪他没把桌子摆放在适当的地方。然后他又继续跟里克罗夫特先生谈话。

"那她就是这么个人啦。一个站柜台的男人可就太配不上她了。这姑娘需要的是真正的男人。"

"皮尔逊挺年轻漂亮的。"里克罗夫特先生说道。

"漂亮——漂亮管什么用——一个姑娘是不需要傻瓜的。那种成天价待在办公室里的年轻小子懂什么生活?他对现实有什么经验可谈?"

"他有因为涉嫌谋杀而受审的经历,也许这种现实就足够了,可以使他受用一段时间的。"里克罗夫特先生不动感情地说道。

"警方肯定是他干的吗?嗯?"

"他们一定很有把握吧,否则就不会逮捕他了。"

"这些个乡巴佬。"怀亚特上尉鄙夷地说道。

"不全是这样吧,"里克罗夫特先生说,"纳拉科特警督今天上午给我留下很深的印象,是个很能干的人哪。"

"你今天上午在哪儿见着他的?"

"他上我那儿去了。",

"可他却没来我这儿。"怀亚特上尉说,那口气好像他受了伤害似的。

"哎,你可不是特里维廉的好朋友呀。"

"我不明白你这话是什么意思。特里维廉是个吝啬鬼,我当面对他这样说过。他可不敢对我作威作福。我不像这儿有些人,要对他点头哈腰、顶礼膜拜,总是去闲聊——闲聊——这太过分了嘛。如果我不让人来我这儿,一星期也好,一个月也罢,甚至一年,那完全是我自己的事。"

"你已经有一个星期没见着什么人了吧,是吗?"里克罗夫特先生问道。

"没有,干吗要见?"怒气冲冲的伤兵拍起桌子来了。"他妈的,我干吗要见? 你告诉我!"像往常那样,里克罗夫特先生发现自己又说错话了。

这使里克罗夫特先生变谨慎了,他沉默不语地坐在那儿,于是上尉的怒气消散了。

"全是一丘之貉!"他咆哮道,"如果警方要了解特里维廉,他们应该来找我。我闯荡过世界,自有评判。一个人值多少我一估计就清楚了。跑去找那些连路也走不动的人和老妇干吗? 他们需要的是一个男子汉的判断。"

他又拍了一下桌子。

"呃,"里克罗夫特先生说,"我想他们知道自己在找些什么。"

"他们询问过我的,"怀亚特上尉说,"他们当然应该那样做嘛。"

"嗯,啊,我记不太清楚了。"里克罗夫特先生小心翼翼地说道。

"你干吗记不清楚了? 你还没老糊涂呢。"

"我想我是——呃——有点害怕吧。"里克罗夫特先生试图安慰他。

"害怕,你害怕? 害怕警方? 我可不害怕警方。让他们来我这儿好了。我就是这么说的。我要让他们有好瞧的。你知道吧,前天晚上我一枪就打死了一百码外的那只猫!"

"真的?"里克罗夫特先生问道。

上尉有个习惯,喜欢用左轮枪对真的猫和想象中的猫开火。这种痛苦的考验使左邻右舍大为恼火。

"噢,我可累了。"怀亚特上尉说道,"再喝一杯吧。"

里克罗夫特先生极其正确地领悟了这个暗示,马上站起身来,怀亚特上尉却仍然劝他喝一杯再走。

"如果你能多喝一点,那你就是个真正的男子汉了。一杯酒也不喝的男人可算不上是个男子汉。"

然而里克罗夫特先生执意拒绝了这个提议,因为他已经喝过一杯度数很高的威士忌加苏打。

"你喝什么茶?"怀亚特问道,"我对喝茶可是一窍不通哇。叫阿布杜尔买过一些茶的。我以为那姑娘没准哪天会来喝上一杯的。妈的,真是个漂亮小妞啊!得帮她办点事。她在这鬼地方连个说话的人也找不到,准是烦死了。"

"有个年轻人陪着她的。"里克罗夫特先生说道。

"如今的年轻人真使我恶心,"怀亚特上尉说,"他们有什么用?"

这个问题可真难于回答,而里克罗夫特先生也不想回答。他告辞而去。

那条雌猎狍跟着他走到大门口,这使他惊惶不已。

在4号小平房,珀西豪斯小姐正在对他的侄儿罗纳德说话。

"如果你老围着一个对你不感兴趣的姑娘打转,那可是你自己的事,罗纳德,"她说,"最好还是不要放过威利特那姑娘。你也许会有机会的,尽管我认为很不可能。"

"嗯,我可——"罗尼表示异议。

"另外听着,如果斯塔福特村来了警官,得让我知道。谁料得到呢,也许我能向他提供有价值的情况吧。"

"他已经走了我才知道的。"

"你就是这样,罗尼。你可真是与众不同啊!"

"对不起,卡罗琳姨妈。"

"你漆花园家具时,没必要把脸也给漆了嘛。脸上漆上油漆可不能美容啊,而且还浪费油漆呢。"

"对不起,卡罗琳姨妈。"

"那么就别再跟我争辩了,"珀西豪斯小姐闭上了眼睛。"我累了。"

罗尼站立不住,把一双脚不停地换来换去。那模样看上去是很不舒服。

"嗯?"珀西豪斯小姐厉声问道。

"哦,没什么——只是——"

"只是什么?"

"呃,我明天想去一趟埃克塞特,不知道你同意不同意。"

"去干什么?"

"呃,我想去见个人。"

"什么人啊?"

"噢,只是去见个人。"

"如果一个年轻人想说话,那也应该说得好一点嘛。"珀西豪斯小姐说道。

"唔,我说嘛——只是——"

"别道歉。"

"行吗?我可以去吧?"

"我不明白你说的我可以去吧到底是什么意思,好像你还是个小孩子似的。你都已经二十一岁了嘛。"

"是的,不过我的意思是,我不想——"

珀西豪斯小姐再度闭上眼睛。

"我已经告诉你别跟我争辩,我累了,想休息。如果你在埃克塞特要见的那个人是穿裙子的,而且名叫埃米莉·特里富西斯,那你就是再蠢不过——我要说的就是这些。"

"但是你瞧——"

"我累了,罗纳德。够了。"

第二十二章　查尔斯夜探斯塔福特邸宅

对于今晚守夜观察的前景,查尔斯毫无兴趣。他认为这样做必定徒劳无益。埃米莉想象力过于活跃,简直是着了迷。

他认定埃米莉是由于偶尔听到的几个词汇具有某种含义,就对它们加以仔细研究,其实这种含义她自己原先也曾经想到过。威利特太太盼望黑夜快点降临,很有可能是出于厌倦。

查尔斯望着窗外,禁不住打了个冷战。这是个寒冷彻骨、风高雪大的夜晚。在户外游荡,等着某些莫名其妙的事情发生,这样的夜晚实在令人讨厌。

然而他却不想舒舒服服地待在家里,不敢屈从于这种强烈的愿望。他回忆起埃米莉那清脆悦耳的声音:"有个人能依靠真是太好了。"

她依靠他查尔斯,可不能让她失望啊。什么?让那个美丽而无助的姑娘失望吗?绝不。

他把所有的内衣内裤全穿上,又穿上两件套头衫,把大衣也紧裹在身上。他心里明白,如果埃米莉回来发现他没有实践自己的诺言,事情就会变得非常不愉快。

她会说出一些令人极为难堪的话来,不行,他可不愿意冒这种被人责难的风险。不过,要是出什么事情就好了——

这种莫名其妙的事情究竟何时会发生,如何发生呢?他可没有分身术啊!要发生什么事情也只可能会在斯塔福特邸宅里。他却绝无可能知道里面的情况。

"姑娘们就是这样,"他自言自语地嘟囔道,"她跳着华尔兹舞去了埃克塞特,倒让我来干这种麻烦事。"

这时,他又一次回忆起埃米莉说那句话时清脆的嗓音,不禁对自己发牢骚深感内疚。

他草草梳洗整理一番,其实看上去倒跟没梳洗整理完全一样。然后,他悄无声息地溜出屋去。

夜晚的气温比他原先预想的更低,更令他感到不快。对于他将要为她去忍受的这些艰难困苦,埃米莉可曾想到过?但愿她是想到过的。

他轻轻地在衣袋里摸索着、抚弄着藏在里面的一只小暖瓶。

"为年轻人最要好的朋友嘛,"他悄声说,"当然只会有这样的夜晚啰。"

他小心翼翼地溜进斯塔福特邸宅的领地。威利特母女俩没有养狗,所以就不用担心那儿会发出什么警报。园丁的小屋亮着灯,说明里面住着人。斯塔福特邸宅则是漆黑一片,只有二楼的一间屋里泛着灯光。

"屋里只有这母女俩,"查尔斯暗想,"我可以不用去管她们。这儿真有点令人毛骨悚然呢。"

他认为埃米莉的确听到了那句话:"今晚不会再这样了吧?"可这句话到底是什么意思呢?

"不知道她们会不会逃走,"他心里揣想,"无论发生什么情况,我小查尔斯就在这儿等着瞧。"

他不远不近地绕着房子转悠,由于雾很大,不必担心会被人看见。极目所视,一切倒挺正常。他小心地查看着外层建筑,发现全都上了锁。

几小时就这样过去了。

"我倒真希望会出点什么事情,"查尔斯一边说一边掏出小暖瓶来,啜了一口。"这么冷的天待在户外我还没经历过呢。'大战中你在干什么呀,爹?'这句话看来差不多就是这么回事吧。"

他看看手表,才十二点差二十分,不禁感到很惊讶。他还以为快天亮了呢。

一阵突如其来的响声使他兴奋得竖起了耳朵。是门栓在插孔里轻轻拉开发出的声音,从房子那边传来。查尔斯悄然无声地从一丛灌木溜到另外一丛灌木。是的,他想得不错,小侧门被慢慢地打开,一个黑影站在门槛那儿,急切地向夜幕窥视。

"是威利特太太,要不就是威利特小姐,"查尔斯自言自语地说,"我想准是漂亮的维奥莱特。"

等了一两分钟,只见那黑影无声无息地关上门,走到外面的路上,又朝着与前门车道相反的方向走去。那条路通到斯塔福特邸宅的后面,穿过一片小树林,进入开阔的高沼地。

查尔斯此时就藏身在那条路的旁边,他可以辨认出近在咫尺的那个女人。他猜得很对,是维奥莱特·威利特。她身穿一件黑色的长大衣,头戴一顶贝雷帽。

她往前走去,查尔斯紧跟其后,尽量不发出一点声音。他并不担心被她看见,只小心着别让她听见自己的脚步声。他特别注意着别惊吓了那位姑娘。由于他过分小心谨慎,于是她便走到前面很远的地方去了。有那么一会儿,他担心会找不到她了,然而就在他也从那片小树林转过弯来时,却看见她就站在前面不远的地方。环绕这片领地的矮墙在这儿有了一扇大门,维奥莱特·威利特靠着门站在那儿,向夜暗中的远方张望着。

查尔斯大着胆子溜得很近。时间在一分一秒地逝去。那姑娘带着一支手电筒,偶尔拧亮一会儿。查尔斯想,她是在看手表。她仍然倚在门上,一副急切盼望的姿势。蓦地,查尔斯听见两声低沉的口哨。

他发现那姑娘骤然变得警觉起来。她在门边俯身向前,从她的嘴形上看得出,她也在打口哨,查尔斯听见两声同样低沉的口哨。

接着,一个男人的身影从夜幕中突然闪现。那姑娘发出一声压抑的叫喊。她往后倒退了一两步,大门向里转开,那个男人来到她的身旁。她低声急切地在说着什么。因为听不清他们的谈话,查尔斯有点唐突地往前移动。脚下有根树枝咔嚓地响了一声。那个男人立马转过身来。

"那是什么?"他问道。

查尔斯的身影正在往后退缩。

"喂,站住!你在这儿干吗?"

他说罢一跃而起,朝查尔斯扑去。查尔斯转过身来,敏捷地跟他交手。两人一下子紧扭着在地上翻滚起来。

扭打很快便结束了。查尔斯的对手身体比他沉重,力量也比他大。他站起身来,抓着自己的俘虏。

"把手电筒打开,维奥莱特,"他说,"我们来看看这家伙是谁。"

那姑娘刚才就站在几步之外,她吓坏了。此时她走上前来,顺从地拧亮手电筒。

"一定是那个待在村里的男人,"她说,"就是那个记者。"

"是个记者,嗯?"那个男人叫道,"我可不喜欢记者这号人。晚上这个时候你在别人的领地上干什么?你这讨厌的家伙!"

手电筒在维奥莱特的手里颤动。查尔斯这才头一次有机会看清自己对手的全貌。有那么一会儿,他对自己那漫无节制的猜想感到很高兴,以为此人必定是普林斯顿监狱的那名逃犯。又瞧了此人一眼,他便打消了这个想法。这是个年轻人,最多不过二十四五岁。他身材高大,模样英俊,面色沉静,绝无一丝逃犯的味道。

"那好吧,"他厉声问道,"你叫什么名字?"

"查尔斯·恩德比,"查尔斯回答道,"可你还没告诉我你姓甚名谁呢。"

"你真是个厚脸皮!"

查尔斯突然有了灵感,而这种突发灵感的猜测不止一次拯救过他的生命。这一招很轻率,但他相信准错不了。

"不过,我想嘛,"他平静地说,"我猜得出来。"

"嗯?"

那个年轻人显然吃了一惊。

"我想,"查尔斯说,"我能十分荣幸地称呼您是来自澳大利亚的布赖恩·皮尔逊先生吧。是吗?"

一阵沉默,相当长的一阵沉默,查尔斯感到情况已大有变化。

"我真想不出你是怎么知道的,"那个年轻人终于说道,"不过你说对了,我的名字就是布赖恩·皮尔逊。"

"如果是这样,"查尔斯说,"那我们就进屋去好好谈谈吧。"

第二十三章　哈兹穆尔邸宅

伯纳比少校在算账——用狄更斯的话来说，他是在管理自己的事务。少校是个极为讲究方式方法的人。他用一本小牛皮封面的簿子登记购进和卖出的股份以及随之而来的盈亏数额——通常总是亏损，因为少校跟大多数退休军官一样，比较喜欢高利率，而不大欣赏安全系数高的低利率。

"这些油井看来不错，"他咕哝道，"该有点财可发吧，不料结果反倒跟那个钻石矿一样糟！加拿大自治领的情况现在应该相当好了嘛。"

他的思路被打断了，罗纳德·加菲尔德的脑袋出现在打开的窗口上。

"哈啰，"罗尼愉快地说，"我想我没乱闯进来吧？"

"要进来就走前门，"伯纳比少校说，"小心那些石生植物，我看你现在准是踩在上面了。"

罗尼道歉一声往后退，很快便来到前门。

"在垫子上擦擦脚，不碍事的话。"少校喊道。

他发现年轻人特别令人着恼。说实在的，他比较有好感的唯一的年轻人倒是那位记者，也就是查尔斯·恩德比。

"一个挺不错的小伙子，"少校自言自语地说，"还蛮有兴趣地听我谈布尔战争呢。"少校对罗尼·加菲尔德就没有这种好感。实际上,那倒运的罗尼所说的话和尽力而为去办的事情,总也不讨少校的欢心。不过,好客总归是好客吧,少校是好客的人哪。

"喝一杯怎么样?"少校问道,恪守好客之道。

"不用,谢谢。我实际上是顺路来看看,想知道我们能不能一起走。我今天打算去埃克桑普顿镇,我听说你已经跟埃尔默讲好由他开车送你去。"

伯纳比点点头。

"去办理特里维廉的事情,"他解释道,"警方已经检查过那幢房子了。"

"呃,你瞧,"罗尼很难为情地说,"我今天特别想去埃克桑普顿镇。我想,我们能不能一起去,车费平摊怎么样?嗯,怎么样啊?"

"当然可以,"少校说,"我很同意。其实步行去对你也很好嘛。"他又说:"锻炼锻炼也好。如今的年轻人都不喜欢锻炼了。步行三英里到那儿,再步行三英里回来,好处可多着呢。如果不是需要用汽车把特里维廉的一些东西运来,我倒想步行呢。身体日渐虚弱——这可真是时下流行的咒语哪。"

"哦,行了,"罗尼说,"我本人就不相信要强有什么好处,不过,我很高兴这件事算是说定了。埃尔默说你准备十一点钟出发,对吧?"

"对。"

"好吧,到时候见。"

哈兹穆尔邸宅

罗尼却并不很守诺言。他打算晚十分钟再去。只见伯纳比少校在那儿烦躁不安，怒气冲天，对他那敷衍了事的道歉根本置之不理。

"瞧这老家伙在搞什么名堂吧，"罗尼心中暗忖，"什么准时呀，做事情要按分掐秒地完成呀，什么锻炼呀，保持健康呀，都让人厌烦死了。"

伯纳比少校也许有朝一日会跟他姨妈喜结连理的吧，他有好几分钟的时间沉溺在这个想法中，暗自觉得高兴。他想，那谁会占上风呢？他相信占上风的必定是他姨妈。一想到她会拍着手，尖声呼唤少校，他就乐不可支。

他不再玩味这些念头，挺快活地跟少校一本正经地闲聊起来。

"斯塔福特村已经变成个相当开放的地方了——这是怎么回事儿？特里富西斯小姐和这个名叫恩德比的老兄，还有那个从澳大利亚来的小伙子——顺便问你一个问题，他是什么时候插进来的呀？今天上午大家都见着他了，可谁也不知道他是打哪儿来的。这使我姨妈担心极了，脸都急得发青了呢。"

"他跟威利特母女俩住在一起。"伯纳比少校刻薄地说道。

"是那样，可他是打哪儿来的呢？就是威利特母女俩也没有私人机场嘛。你知道吧，这个名叫皮尔逊的小伙子肯定是有点神秘莫测。他眼睛里闪着一种邪光，我就是这么想的。实在是非常邪门的目光啊。我有个印象，我觉得他准是谋杀特里维廉的凶手。"

少校沉默不语。

"我看情况是这样，"罗尼继续说道，"去殖民地的那些家伙通常都是些孬种。他们的亲属不喜欢他们，所以才会把他们弄到那儿去。那么就好极了——你去就是了。那孬种回来了，身无分文，趁圣诞节的机会去拜访住在附近的那位有钱的舅舅，有钱的舅舅可不会为穷外甥儿掏腰包，于是这个一文不名的外甥儿就这么给他一下。我看这个推测很正确。"

"你应该对警方说去。"伯纳比少校说道。

"我认为你应该去说才对，"加菲尔德先生说，"你是纳拉科特的好朋友，是吗？他没有再到斯塔福特村来侦查了吧？"

"我可不清楚。"

"他今天没跟你在房子那边见面，是吗？"

少校的回答总是非常之短，这终于引起了罗尼的注意。

"呃，"他含糊不清地说道，"是那样。"接着又沉思默想起来，缄口不语了。

汽车开到了埃克桑普顿镇的三王冠旅馆外面。罗尼下了车，跟少校商量好四点半钟再会面，于是便大步流星地去逛埃克桑普顿镇的商店去了。

少校先去见柯克伍德先生，两人简短地谈了片刻。少校拿了钥匙，朝哈兹穆尔邸宅迈步走去。

他告诉过埃文斯，要他十二点钟在那儿会面，他发现那个忠实的仆人正坐在门前的台阶上。伯纳比少校脸色阴沉地把钥匙插进前门的锁眼，打开那空无一人的房间，埃文斯紧跟在他身后进了屋。自从惨案发生的那天晚上以来，他就没再来过这儿。尽管他意志坚如钢铁，不露出任何软弱的样子，可当他穿过客厅时，仍然不由自主地微微打战。

埃文斯和少校怀着同情心默然无语地收拾着。但只要他们两人之中任何一个说出一句简短的话，另外一个便立即表示理解和赞赏。

"干这活儿可真不痛快，又不能不干。"伯纳比少校说道，而埃文斯则把短袜理成整齐的一堆，数着睡衣的件数，沉思着。

"这真是太不自然了，正像你说的，又不能不干。"

埃文斯干活时总是一言不发，很有效率。每件东西整齐地理好，分门别类地堆起来。下午一点钟，两人回到三王冠旅馆，草草地用了午餐。当他们又回到房子里时，少校突然抓住埃文斯的手臂，后者刚好把大门关上。

"嘘，"他说，"你听见头上有脚步声吗？是在——在乔的卧室里。"

"我的老天，先生，真是的。"

一阵因迷信而起的恐惧让两人呆住了。过了片刻，少校摆脱恐惧，愤怒地一抖肩膀，大步冲到楼梯口，声音洪亮地大喊起来。

他霎时间变得又惊又恼，而且又感到一阵轻松，只见罗尼·加菲尔德出现在楼梯顶上。他看上去表情尴尬，又有点害臊的样子。

"哈啰,"他招呼道,"我一直在等你。"

"你是什么意思,在等我?"

"呃,我来告诉你我四点半钟还回不来,我还得去埃克塞特。所以不必等我。我只好在埃克桑普顿镇另外叫辆车了。"

"你是怎么进来的?"少校问道。

"门是开着的,"罗尼大声回答道,"当然啰,我还以为你在里面呢。"

少校蓦地转身对着埃文斯。

"你出来时没有锁门吧?"

"没有,先生,我没有钥匙。"

"我真太蠢了。"少校咕哝道。

"你不介意吧?"罗尼说,"我在楼下没有见着人,就上楼去到处看了看。"

"当然没关系,"少校脱口说道,"你吓了我一跳,如此而已。"

"呃,"罗尼高兴地说,"我现在得走了。再见。"

少校哼了一声,罗尼则走下楼梯。

"我说嘛,"罗尼孩子气地说,"你能不能告诉我,呃——上校是在哪儿遇害的?"

少校把拇指竖起来指着客厅的方向。

"噢,我能进去瞧瞧吧?"

"想去就去!"少校咆哮了一声。

罗尼打开客厅的门,在里面待了几分钟便出来了。

哈兹穆尔邸宅

少校上了楼,而埃文斯还留在大厅里。他看上去像只警惕戒备的斗牛犬,一双小眼睛有点不怀好意地盯着罗尼。

"我说嘛,"罗尼说,"血迹是清洗不掉的,我想不管怎么洗,血迹也仍然在那儿。啊,当然啰,那老家伙是被铁管子砸死的,对吧? 我真是蠢极了。是这当中的一根吧,是吗?"他拿起一根靠在另外一扇门上的长长的门栓,仔细地估计着重量,在手里掂着。"很妙的小玩具,嗯?"他拿在手里试着挥舞了几下。

埃文斯沉默不语。

"好了。"罗尼说,意识到别人的沉默并非赞赏。"我最好还是走吧。恐怕我实在算不上有手腕,嗯?"他把头朝楼上晃了晃。"我忘了他俩是多么要好的朋友,穿一条裤子的,对吧? 呃,我可真要走了。对不起,说了那么多不该说的话。"

他穿过大厅,从前门走出去。埃文斯麻木不仁地站在大厅里,直到听见大门插销的响声,才上楼来到伯纳比少校的身边。他一言不发地直接走到放靴子的大橱前,跪了下来。

三点半钟事情就办完了。一捆衣服和内衣给了埃文斯,另外一捆则准备送给西爱孤儿院。文件和单据收进一个夹子,要埃文斯去一家当地的搬家公司,叫他们来运走收集成堆的体育奖品和动物头标本,因为伯纳比少校的家里没地方可以放置。由于哈兹穆尔邸宅是带家具出租的,所以没有什么别的问题要解决。

一切就绪,埃文斯紧张地清清嗓子,然后说道:

"对不起,先生,可是——我想找个伺候先生的工作,就像我伺候上校那样。"

"是的,是的,你可以让任何人上我那儿去,我可以为他做介绍,那就行了。"

"对不起,先生,我不是想要你去为别人做介绍。我和丽贝卡,先生,我俩商量过了,我们在考虑先生——你本人能不能让我俩试试呢?"

"哦,可是——呃——我从来就是自己料理自己。那个叫什么名字的老太婆每天来为我搞清洁,煮点食物。那——呃——我只付得起这点钱。"

"钱倒不怎么重要,先生,"埃文斯急忙说道,"你瞧,先生,我很喜欢上校——还有——呃——我会像伺候他那样伺候你的,你明白我的意思了吧?"

少校清了清嗓子,避开他的目光。

"你很正派,我发誓是这样。我会——会考虑考虑的。"他差不多是以轻快的步履冲下楼,来到街上。埃文斯站在那儿瞧着他,脸上露出会意的笑容。

"两人真是一对鼓槌儿,他和上校就是这么一对冤家嘛。"他咕哝道。

接着,他脸上露出困惑的表情。

"这东西到底是在哪儿呢?"他又咕哝起来,"这可真有点怪呀。我得问问丽贝卡是怎么想的。"

第二十四章　纳拉科特警督探讨案情

"我对此案的处理并不完全满意，长官。"纳拉科特警督说道。

警察局长探询地望着他。

"不，"纳拉科特警督说，"我并不像以前那样觉得高兴。"

"你以为抓错人了？"

"我并不满意。你瞧，一开始情况只限于一个方面，可现在——全不同了。"

"对皮尔逊不利的证据仍然存在。"

"是的，不过又发现了许多别的证据，长官。还有另外一个皮尔逊家的人——布赖恩。我原来认为没什么好查的，就认为他像人们所说的那样是在澳大利亚。现在发现他最近一直就待在英格兰。好像是两个月以前来的——跟威利特母女俩乘的是同一条船。看来是在船上爱上了那位姑娘，不管怎么样，他并没有跟他家的任何人联系过，他的姐姐和哥哥都不知道他在英格兰。上星期四他离开罗素广场的奥姆斯比旅馆，开车到帕丁顿火车站，后来一直到星期二晚上恩德比撞见他为止，不知道他的行踪。他拒不说明他这段时间在干什么。"

"你向他指明这种行径的严重性了吗？"

"他无论如何也不愿讲。他自己怎么利用时间是他自个儿的事情，用不着我们去管，但对于去过什么地方，一直在干什么，他执意不作说明。"

"很不寻常啊。"警察局长说道。

"是这样，长官。这个案件很不寻常。你瞧，逃避事实当然毫无意义，这个人又比别的人更加典型了。关于詹姆斯·皮尔逊用铁管子砸死那老头儿，这情况有些不确实——换个说法，对于布赖恩·皮尔逊来说，又有可能是他在白天干的。他脾气暴躁，喜欢压制别人——而且，请注意，他也同样因老头儿之死而受益。"

"是的。他今天上午跟恩德比先生一道来的，看上去聪明活泼、大大咧咧，而且态度光明正大。可这不算数，长官，不算数。"

"喔，你是说……"

"得用事实来检验。他在此之前干吗不露面？他舅舅的死讯就登在星期六的报纸上，他哥哥星期一又被逮捕，可他连个影儿也不见。如果不是那个记者昨晚半夜时在花园里偶然撞见他，他也仍然不会露面的。"

"他在那儿干吗，深更半夜的？我是说那个恩德比。"

"记者是怎么回事这你知道，"纳拉科特警督说，"总是四处打深，而且不择手段。"

"还经常惹麻烦，"警察局长说，"不过他们也自有用处。"

"我猜想是那位年轻小姐支使他那样干的。"纳拉科特警督说道。

"哪位年轻小姐啊?"

"就是特里富西斯小姐呗。"

"她怎么会知道这些情况呢?"

"她就待在斯塔福特村,到处打听情况。你可以把她称为一个挺厉害的年轻女人。什么也瞒不过她那双眼睛的。"

"布赖恩·皮尔逊对自己的行径作何解释?"

"说是来斯塔福特邸宅看他那位年轻小姐,也就是威利特小姐。人都全睡了她才出来见他,因为她不想让她母亲知道。他们就是那样说的。"

纳拉科特警督的话中透露出显然不予置信的口气。

"长官,我相信如果不是恩德比让他暴露出来,他是绝对不会露面的。他会返回澳大利亚,在那儿要求给予他的财产继承权。"

警察局长嘴角上掠过一丝笑意。

"那他可要咒骂这些讨厌的记者啰。"他低声咕哝道。

"还了解到一些别的情况。"警督继续说道,"有三个皮尔逊,你记得吧。西尔维亚·皮尔逊嫁给了小说作家马丁·迪林,他跟我说,案发的当天他跟一位美国出版商共进午餐,傍晚又去参加文学聚餐会,可现在看来他并没有去。"

"这是谁说的?"

"也是恩德比说的。"

"我想得见见恩德比才行,"警察局长说,"看来他是这番调查的现场报道人之一,毫无疑问,《每日电讯报》是有一伙聪明的年轻人。"

"呃,当然啰,可那也不能说明什么问题,"警督继续说道,"特里维廉上校是六点钟遇害的,所以迪林当天傍晚在何处实际上并无关系——可他为什么要故意撒谎呢?我可不喜欢,长官。"

"是不该撒谎,"警察局长表示同意,"这看来完全没有必要嘛。"

"这使人认为事情全都是捏造的。我想,这样认为是有点牵强附会,不过迪林有可能是乘十二点十分的火车从帕丁顿火车站出发,在五点钟以后到达埃克桑普顿镇,干掉那老头儿,然后乘六点十分的火车,在午夜以前返回。无论如何这得调查一下,长官。我们还得调查他的经济状况,看他是否亟须用钱。他妻子得到的任何款项他都会使用——只消问问她就行。我们得把他当天下午不在作案现场的证据确认一下。"

"整个案情是很不寻常,"警察局长评论道,"可我认为对皮尔逊不利的证据是相当肯定的。我知道你不同意——你觉得抓错人了。"

"证据是没问题,"纳拉科特承认道,"环境原因造成的吧,陪审团会相信是这样。不过,你说的也很对——我看他不像是凶手。"

"而且他那位年轻小姐正在为此案积极奔走。"警察局长说道。

"是特里富西斯小姐。是的,她是个人才,这可没错。是个很不错的年轻小姐。下定决心要为他开脱罪名。她操纵了那位记者恩德比,正在尽可能使他能帮上点忙。詹姆斯·皮尔逊先生根本就比不上她。他除了相貌英俊,我看性格上可并不怎么样。"

"不过对一个想控制一切的女人来说,这倒正合她的意嘛。"警察局长说道。

"啊,"纳拉科特警督说,"人的趣味是没办法解释得清的。嗯,长官,你同意吧,我马上去弄清迪林在不在作案现场这件事情,不能再耽误了。"

"好的,马上去办吧。遗嘱里的第四个人是什么情况?有第四个人的,对吧?"

"对,是那个姐姐,完全没问题。我在那儿做过调查。她六点钟在家里,没问题,长官。我这就去处理迪林的事情。"

五小时以后,纳拉科特警督再次来到卢克邸宅的客厅里。这次迪林先生在家。女仆开头说他正在写作不能打搅,可是警察却亮出证件,要她马上送给主人看。他一边等着一边在屋里大步来回地踱来踱去,心里在努力思索着,不时从桌子上拿起一件小物品,茫然地瞧上一眼,又放回原处。有个澳大利亚出产的小提琴形状的烟盒——可能是布赖恩·皮尔逊送的礼物吧。他又拿起一本相当破旧的书,那是本《傲慢与偏见》。翻开封面,只见扉页上潦草地写着玛莎·里克罗夫特的名字,墨水已经褪了色。里克罗夫特这个姓氏毕竟有点熟悉,可他却一时想不起究竟是何原因，门打开了，他的思绪也被打断，马丁·迪林走进了客厅。

小说作家中等身材，栗色的头发十分浓密。他虽然动作有些笨拙，容貌却还英俊，嘴唇又红又厚。

他这副模样并未让纳拉科特警督产生什么好感。

"早上好，迪林先生。很抱歉又来打搅你。"

"啊，这没关系，警督。可我已经把所知道的情况全都告诉你了。"

"我们了解到你的内弟布赖恩·皮尔逊在澳大利亚，而现在却发现他最近两个月是在英格兰。我想你本来应该把这种情况告诉我的吧。你妻子明明告诉我他现在是在新南威尔士。"

"布赖恩在英格兰！"迪林好像是真正感到大惊失色。"我可以向你保证，警督，我一点也不知道——还有，我相信我妻子也不知道。"

"他没跟你们联系吗？"

"没有，确实没有。我知道这段时间里西尔维亚还给他写过两封信呢。"

"哦，倘若如此，我该向你道歉，先生。但是自然啰，我以为他会跟自己的亲人联系，如果你们对我保密，我就觉得有点难过了。"

"呃，正像我所告诉你的，我们也是一无所知嘛。抽支烟吧，警督。顺便说一下，我知道你们已经把逃犯给抓回来了。"

"是的，是上星期二晚上才抓回来的。雾太大，也算他运气不佳。他一直在转着圈走,走了大概二十英里,最后又回到离普林斯顿监狱半英里的地方。"

"在大雾里打转可真是奇怪得很哪。幸好他不是星期五晚上逃走的,否则肯定会把谋杀罪名顶在自己的脑袋上。"

"这家伙是个危险分子,通常被人称作弗里曼特尔·弗雷迪。搞暴力抢劫,攻击——过的是特殊的双重生活。他大多数场合以受过教育、受人尊敬的有钱人的面目出现。要说布罗德穆尔不是他想待的去处,我自己倒没把握。他时不时地要发犯罪狂热,会销声匿迹,跟那些最卑劣的家伙混在一起。"

"我想不会有许多犯人能逃得出普林斯顿监狱吧?"

"不可能,先生。这次越狱是经过特别策划而付诸实施的。我们还没有完全查清楚哪。"

"呃,"迪林站起身来,看了一眼手表。"如果没别的,警督——恐怕我是太忙——"

"噢,不过还有点事情,迪林先生。我想知道你干吗要告诉我,说你星期五晚上是在塞西尔饭店参加文学聚餐会呢?"

"我——我不明白你是什么意思,警督。"

"我想你是明白的,先生。你并没有去,迪林先生。"

马丁·迪林犹豫起来,那双眼睛游移不定,目光从警督的脸上移到天花板上,接着又移到门上,最后落在自己的双脚上。

警督不动声色地等着。

"呃，"马丁·迪林终于说道，"就算是我没去吧。那到底跟你有什么关系呢？我舅舅遇害以后五个小时，我的所作所为跟你和任何别的人有什么关系？"

"你向我们提供了一个肯定的说法，迪林先生。我想对那种说法加以确认。其中有一部分业已证明不属实，而我还得核实另外一部分。你说是跟一个朋友共进午餐，下午也跟他待在一起。"

"是的，是个美国出版商。"

"他叫什么名字？"

"名叫罗森克劳恩，埃德加·罗森克劳恩。"

"唔，他住在哪儿？"

"已经离开英格兰了。上星期六走的。"

"回纽约吗？"

"是的。"

"那此刻是在船上啰，他乘的是什么船？"

"我，我真的记不起来了。"

"你知道走哪条航线吧？是丘纳德号还是白星号？"

"我真的记不起来了。"

"哦，好吧，"警督说，"我们会给他在纽约的公司发电报，他们该知道的吧。"

"他乘的船是高康大号。"迪林面色阴沉地说道。

"谢谢，迪林先生。我说过你试试就会想起来的嘛。现在，你的说法是你跟罗森克劳恩共进午餐，下午也一直陪着他。你是几点钟跟他分手的？"

"我看大概是五点钟吧。"

"后来呢?"

"我拒绝说明。那不关你的事。而你肯定又想知道。"

纳拉科特警督沉思着点点头。如果罗森克劳恩对迪林的说法予以认可,那对迪林不利的所有指控就不攻自破。他当晚的那些秘而不宣的行径也就跟此案毫不相干了。

"你打算怎么办?"迪林不安地问道。

"给船上的罗森克劳恩先生发个电报。"

"见鬼!"迪林叫道,"你这是要出我的洋相嘛。你瞧——"

他走到写字台那儿,在一张纸条上胡乱地写了一阵,然后又把纸条递给警督。

"我想你最好还是去办你自己的事情吧,"他颇不讲礼貌地说道,"不过至少也该按我的要求办嘛,给人家带来一大堆麻烦,那可不公平呀。"

那张纸条上写着:

高康大号罗森克劳恩:本月十四日星期五
与你共进午餐直到五点钟请予证明

马丁·迪林

"让回电直接送给你吧,我不在乎。但可别送到伦敦警察厅或者什么别的警察局。你不了解这些个美国人是什么德性。只要有我卷入某个案件的一丁点儿暗示,那我一直在商谈的这份新合同准得泡汤。请不要张扬出去,警督。"

"我同意,迪林先生。我所需要的只是事实。我去付费发报,回电送到我在埃克塞特的私人地址。"

"谢谢你,你可真是个好人哪。靠文学混饭吃可不容易啊,警督。你会知道回电是不会有什么问题的。关于文学聚餐会,我确实是撒了谎,可实际上我正是这样告诉我妻子的,而我想,我对你也最好坚持这种说法。不然我就要惹大麻烦了。"

"如果罗森克劳恩先生证实了你的说法,迪林先生,你就没什么可担心的了。"

"这家伙让人不愉快,"警督告辞时暗忖,"可他相当肯定那个美国出版商会证实他的说法。"

就在警督跳上开往德文郡的火车时,他突然想起了什么。

"里克罗夫特,"他自言自语地说道,"当然啰——这就是住在斯塔福特村那几幢小平房之一的老人嘛。这种巧合可真太奇怪啊。"

第二十五章　德勒咖啡馆

在埃克塞特的德勒咖啡馆里,埃米莉·特里富西斯和查尔斯·恩德比坐在一张小桌旁。此时是下午三点半钟,客人很少,咖啡馆里比较安静。只有几个人在喝茶,整个咖啡馆基本上没有什么营业。

"呃,"查尔斯问道,"你对他有什么看法?"

埃米莉蹙着眉头。

"很难说。"她回答道。

和警方见面之后,布赖恩·皮尔逊也来和他俩共进午餐。他对埃米莉特别客气,埃米莉认为是太客气了。

对这位敏感的姑娘来说,这似乎有点不自然。这儿有个年轻人正在暗中热恋,而一个好管闲事的陌生人又插了进来。布赖恩·皮尔逊像只羔羊似的,当查尔斯建议找辆车去见警方时,他毫无异议地同意了。这种柔顺默认的态度是出于何种原因呢? 埃米莉觉得布赖恩·皮尔逊原来的性格跟这大相径庭。

"我宁愿死也不会让你们得手的。"她认为这才是他内心真正的想法。

他这种羔羊似的举动让人怀疑。她竭力要把自己的想法传递给恩德比。

"我懂你的意思,"恩德比说,"我们这位布赖恩有些事情要保密,所以就不可能再像以前那样习惯于支配别人。"

"正是这样。"

"你认为他是否有可能谋杀了老特里维廉?"

"布赖恩嘛,"埃米莉若有所思地说,"呃,应该考虑在内。他很不谨慎,我认为他如果要得到某种东西,就绝不会让通常的标准和规范挡路的。他可不是那种驯顺的英国人"

"把所有个人的考虑摆在一边,他比起吉姆来更可能是凶手吧?"

埃米莉点点头。

"是更可能。他会干得很顺当——因为他绝不会胆小。"

"说实话,埃米莉,你认为是他干的吗?"

"我——我不知道。他符合条件——是唯一符合条件的人"

"你说的符合条件是什么意思?"

"啊,一是作案动机,"她扳着指头逐条说着,"同样的动机,是二万英镑。二是作案机会,没人知道他星期五下午在哪儿。他可以说清楚的,呃,你会这样说的吧?所以我们可以肯定他星期五实际上是在哈兹穆尔邸宅附近。"

"他们发现,没有任何人看见他在埃克桑普顿镇,"查尔斯指出,"他可是个相当引人注目的人哇。"

埃米莉不屑一顾地摇摇头。

"他在不在埃克桑普顿镇,这你是没办法知道的,查尔斯。如果是他干的,那就是预先策划好的。只有可怜的吉姆傻乎乎地待在那儿。别的地方还有利德福德、查格福德,也许还有埃克塞特。他可能是从利德福德步行来的——有条主干道,雪不可能让路断掉。也许仍然是畅通无阻的。"

"我认为应该都调查一下。"

"警方正在调查,"埃米莉说,"而且干得比我们好多了。私下进行的事,比如听柯蒂斯太太谈话,从珀西豪斯小姐那儿听出点暗示,监视威利特母女俩——我们所干的仅此而已了。"

"也许什么也没干,从案情来看可能是这样。"查尔斯说道。

"再谈谈布赖恩·皮尔逊符合条件的事,"埃米莉说,"我们已经谈了两点,作案动机和作案机会,三是——我以为这第三点最重要。"

"是什么呢?"

"嗯。我从开头就感觉到不能忽略转桌祈灵那件古怪的事情。我已经尽可能从逻辑上来清晰地看待这件事。有三个解决办法:(1)认为这是超自然的。呃,当然啰,也许是这样,不过我个人认为应该排除这种可能性;(2)认为这是故意干的——有人处心积虑地这样干。不过由于我找不出任何想象得到的原因,我们也可以排除这种可能性;(3)认为是偶然事件。有人无意中暴露了自己,这完全违背了此人的意愿。是不自觉的自我暴露。

如果是这样，六个人当中必有一个知道，当天下午某个时候特里维廉上校会被谋杀，要不就是有人要去见他，从而发生暴力事件。六个人当中实际上没人会是凶手，但某一个人可能是凶手的同谋。伯纳比、里克罗夫特和罗纳德·加菲尔德跟别的任何人都没有联系，彼此之间也是一样，但威利特母女俩就不同了。维奥莱特和布赖恩·皮尔逊有联系。这两个人很亲密，谋杀案发生后，那姑娘惊惶失措。"

"你认为她知道谁是凶手？"查尔斯问道。

"她或者她母亲知道，两人之中必有一人知道。"

"还有一个人你没有提到，"查尔斯说，"那就是杜克先生。"

"我知道，"埃米莉说，"这倒很古怪。他是我们唯一不了解的人。我曾经两次想去见他，但两次都没能办到。好像他跟特里维廉上校毫无交往，跟案件也完全没有关系，不过——"

"嗯？"埃米莉刚一顿住，查尔斯便问道。

"不过我们遇到纳拉科特警督从他的房子里出来。我们所不知道的，纳拉科特究竟知道些什么？我真想弄明白。"

"你认为——"

"假设杜克是个可疑的人物，面警方又了解这一点。假设特里维廉上校发现了他的某种秘密。特里维廉对房客很挑剔，记得吧。假设他正打算要向警方报告，杜克就找个同伙把他干掉。噢，这听起来真像是瞎胡闹哇。不过,某些事情毕竟是有可能的。"

"这倒不失为一种推断。"查尔斯慢吞吞地说道。

两人都沉默下来,各自认真地思考着。

埃米莉突然说:

"当有人盯着你看时,你有那种古怪的感觉吧。我此刻觉得有人在我背后盯着我看,让我的颈背都发麻了。这是幻觉,还是有人真的在我背后盯着我看?"

查尔斯转动椅子,漫不经心地扫视着咖啡馆。

"靠窗那儿的桌子边坐着个女人,"他向她报告道,"身材高大,皮肤黧黑,挺漂亮。她在盯着你看。"

"她年轻吗?"

"不,不年轻。哈啰!"

"怎么回事呀?"

"是罗尼·加菲尔德。他刚进来,正跟她握手。在她那张桌子旁边坐下了。我想她正在谈论我俩。"

埃米莉打开手提袋,姿势相当夸张地给鼻子扑扑粉,把那个小小的镜子放到一个合适的角度。

"是詹尼弗姨妈,"她轻声说,"他们站起来了。"

"他们要走了,"查尔斯说,"你想跟她说句话吗?"

"不,"埃米莉说,"我想最好假装没有看见她。"

"不过也怪呀,"查尔斯说,"詹尼弗姨妈既然认识罗尼·加菲尔德,那干吗不请他喝茶呢?"

"她干吗要请他?"埃米莉反问道。

"她干吗不请他呢?"

"啊,行行好,查尔斯,我们别这样老说什么该呀不该的。这当然是废话，毫无意义！我们刚才还在说，参加转桌祈灵的人没有一个跟那个家庭有关系，然而还没过去五分钟，我们就看见罗尼·加菲尔德跟正在喝茶的特里维廉的姐姐在一起了。"

"这只能说明，"查尔斯说，"有些事情你是绝对弄不清楚的。"

"这说明，"埃米莉说，"一切总是又得从头开始。"

"而且从头开始的路子还多着呢。"查尔斯说道。

埃米莉瞥了他一眼。

"你这是什么意思？"

"眼下没什么意思。"查尔斯回答道。

他把手放在她的手上，她并没有把自己的手缩回去。

"我们总得继续干吧，"查尔斯说，"而且……"

"而且什么？"埃米莉轻声问道。

"我甘愿为你效劳，"查尔斯说，"做任何事情……"

"是吗？"埃米莉说，"你真好，亲爱的查尔斯。"

第二十六章　罗伯特·加德纳

二十分钟后,埃米莉摁响了月桂邸宅的门铃,这完全是突发奇想的结果。

她知道此刻詹尼弗姨妈和罗尼·加菲尔德仍然待在咖啡馆里。她朝为她开门的比阿特丽斯热情地微笑着。

"我又来了,"埃米莉说,"加德纳太太不在家,这我知道。我能见加德纳先生吗?"

这个要求显然颇不寻常。比阿特丽斯显得犹疑不决。

"哦,我不知道。我上去看看,好吗?"

"好吧。"埃米莉说道。

比阿特丽斯上了楼,把埃米莉独自留在大厅里。过了几分钟,她下楼来,要这位年轻小姐跟她上楼。

在二楼的一个大房间里,罗伯特·加德纳躺在窗边的一把靠椅上。他个头硕大,一双蓝眼睛,头发是金黄色的。埃米莉想,他那打量人的模样好比歌剧《特里斯坦和埃索尔德》第二幕里的埃索尔德那样,可是瓦格纳的歌剧里没有任何男高音会像他那样打量人的。

"哈啰,"他招呼埃米莉,"你就是那个被逮捕者的未婚妻啰,是吗?"

"是的,罗伯特姨父。"埃米莉说。"我该称呼你为罗伯特姨父吧,是吗?"她问道。

"如果詹尼弗让你叫你就叫吧。一个年轻人关在监狱里发愁是什么滋味啊?"

他是个冷酷无情的人,埃米莉认定是这样。一个邪恶地喜欢别人哪儿痛苦就往哪儿使劲的人。可她也不是好对付的。她和颜悦色地说:

"是相当刺激的吧。"

"对吉姆少爷来说可就不是相当刺激了吧,嗯?"

"哦,呃,"埃米莉说,"是一种体验吧,对吗?"

"这会使他明白生活并不是一帆风顺的,"罗伯特·加德纳不怀好意地说,"大战时他还太年轻,上不了战场,是吧?可以轻松自如地生活。哦,哦——这下子他可遭了报应了。"

他饶有兴趣地望着她。

"你来看我有什么事,啊?"

他话音里含有一丝怀疑的意味。

"要嫁到一户人家,那就得先见见将来的亲戚嘛。"

"明白这一点还算不太晚,那你是真的想嫁给年轻的吉姆啰,嗯?"

"干吗不呢?"

"不管他是否被指控干了谋杀吗?"

"不管。"

"噢,"罗伯特·加德纳说,"我还没见过有人会像你这样,一点也不垂头丧气。别人还以为你在高兴呢。"

"我是在高兴嘛。追踪凶手挺刺激的。"埃米莉说道。

罗伯特·加德纳

"嗯?"

"我说追踪凶手挺刺激的。"埃米莉说道。

罗伯特·加德纳目瞪口呆地看着她,旋即又仰靠在枕头上。

"我累了,"他烦躁地说,"不能再谈了。护士,护士在哪儿?护士,我累了。"

戴维斯护士在隔壁房间,她立即应声而来。"加德纳先生很容易累,如果你不介意,特里富西斯小姐,你现在最好回去吧。"

埃米莉站起身来,愉快地点点头。

"再见,加德纳姨父。可能我有一天会再来看你的。"

"你这话是什么意思?"

"再见。"埃米莉说道。

刚走出大门,她又停住脚步。

"啊,"她对比阿特丽斯说,"我把手套给忘了。"

"我帮你去拿,小姐。"

"哦,不用,"埃米莉说,"我自己去拿。"她轻快地上了楼,没敲门就走进屋里。

"哎呀,"埃米莉说,"对不起,我把手套给忘了。"她姿势夸张地拿起手套,朝屋里手拉手坐着的病人和护士莞尔一笑,然后下楼出了屋子。

"忘记手套实在是厉害的招数,"埃米莉自言自语地说,"这可是第二次了。我真不明白可怜的詹尼弗姨妈是知道的呢,还是不知道。我得赶紧走,不然又要让查尔斯等我了。"

在约好的地方,恩德比坐在埃尔默的福特车里等着。

"运气怎么样?"他一边给她披上毯子,一边问道。

"大概是好吧,我说不准。"

恩德比不明就里地望着她。

"不行,"埃米莉说,回答他那征询的目光。"我不想让你知道。你瞧,跟案子一点关系也没有——如果有的话,也许就不合情理了。"

恩德比叹了口气。

"你这样说真使人感到难过。"他说道。

"对不起,"埃米莉态度坚决地说,"情况就是如此。"

"随你的便。"查尔斯冷冷地说道。

一路上两人都沉默不语,查尔斯是因为生气而不说话,而埃米莉则早已把刚才的事抛到九霄云外去了。

快到埃克桑普顿镇时,她打破缄默,说出一句查尔斯始料不及的话。

"查尔斯,"她问道,"你打桥牌吗?"

"打呀。怎么啦?"

"我刚才一直在想,你知道在估量自己手上的牌时,人家会叫你怎么做吧?如果你是在防守,就得吃准赢家——如果你是在进攻,那就得吃准输家。现在,就我们手头上的这件事而言,我们是在进攻——可是,我们也许出错牌了。"

"你是说——"

"噢,我们是在吃准赢家,对吧?我们是在考虑那些可能谋杀了特里维廉上校的人，不管看起来是多么不可能，也许正因为这样做，我们就给弄得头昏脑胀了。"

"我可没有给弄得头昏脑胀。"查尔斯说道。

"噢，我倒是的。我头昏脑胀到了不能继续思考的地步。我们换个方式来看待这件事吧。让我们来吃准输家，也就是考虑那些不可能谋杀特里维廉上校的人。"

"嗯，我们来考虑一下——"恩德比说，"开始就有威利特母女俩、伯纳比、里克罗夫特和罗尼——对了，还有杜克。"

"是的，"埃米莉说，"我们认为他们当中没人会谋杀特里维廉上校，因为他被谋杀时，他们全都待在斯塔福特邸宅，每个人都在转桌祈灵的现场，不可能全都撒谎。是的，他们全都跟谋杀案无关。"

"事实上斯塔福特村所有的人都跟谋杀案无关。"恩德比说。"甚至还有埃尔默，"他降低声音，以免司机听到，"因为星期五通往斯塔福特村的路都被大雪堵断了。"

"他可以步行嘛，"埃米莉用同样低的声音说，"如果那天傍晚伯纳比少校去得了，那埃尔默也可以在吃午饭时出发——五点钟到达埃克桑普顿镇，干掉特里维廉后再走回来。"

恩德比摇摇头。

"我想他是走不回来的。记得吧，大概是六点钟时才开始下大雪的。你无论如何是不会控告埃尔默的，是吧？"

"不会，"埃米莉说，"当然啰，说不定他也是个杀人狂呢。"

"嘘！"查尔斯说，"如果他听见了，你可就伤了他的心了。"

"不管怎么样，"埃米莉说，"你不能肯定地说他没有谋杀特里维廉上校。"

"差不多可以肯定地说他没有，"查尔斯说，"如果他走到埃克桑普顿镇再走回去，斯塔福特村既没人看见，看见了也没人说奇怪，这不可能啊！"

"这地方消息当然是传得很快的喽。"埃米莉表示同意。

"正是这样，"查尔斯说，"所以我才说斯塔福特村所有的人都应该排除在外，不在威利特母女俩家里的人，只有珀西豪斯小姐和怀亚特上尉，两人都是病人，不可能在暴风雪里跋涉。至于亲爱的老柯蒂斯和柯蒂斯太太嘛，如果他俩当中有一个搞谋杀，那一定会舒舒服服地去埃克桑普顿镇度周末，等事情平息下来后再回来。"

埃米莉朗声大笑。

"你要不在斯塔福特村度周末而别人又不会注意到，这肯定是不可能的嘛。"

"如果柯蒂斯太太不在，那柯蒂斯先生就会发现没人跟他讲话了。"恩德比说道。

"当然啰，"埃米莉说，"这个人应该是阿布杜尔。也许是小说情节吧。他可能是个东印度水手，而特里维廉上校在一次兵变中把他最钟爱的弟弟扔进了海里——也许就是那么回事吧。"

"噢,我可不相信,"查尔斯说,"那个神情忧郁的可怜虫是不会杀人的……我明白了。"

"什么?"埃米莉急切地问道。

"是铁匠的妻子,就是那个要生第八胎的女人,这个勇敢无畏的女人不顾有身孕,也不管暴风雪,步行到埃克桑普顿镇,操起铁管子砸死了特里维廉上校。"

"为什么啊,请问?"

"因为嘛,当然啰,尽管铁匠是前面七个孩子的父亲,而特里维廉却是将要出生的第八个孩子的父亲。"

"查尔斯,"埃米莉说,"别这么粗俗嘛。"

"无论如何,"她又说,"要干也只能是铁匠,而不会是她。这可真是个难得的推测呀。想想看,那只黢黑的手臂怎么挥舞铁管子的吧。因为有七个孩子要照料,他不在家而他妻子竟然没有发现。她是没有时间去留心这个男人的吧。"

"这简直要成痴人说梦了。"查尔斯说道。

"确实如此,"埃米莉同意道,"吃准输家也难以成功啊。"

"那你自己呢?"查尔斯问道。

"你问我吗?"

"案发时你在哪儿?"

"这可真是非同寻常呀!我根本没想到这一点。我当然是在伦敦啰。不过我知道自己没法加以证实。我是一个人待在房间里。"

　　"那就行了，"查尔斯说，"作案动机和别的一切条件都有了。你那位年轻人得了两万英镑，你还要多少？"

　　"你真聪明啊，查尔斯，"埃米莉说，"我也明白我是最值得怀疑的人物。可以前我还压根儿没想到呢。"

第二十七章 纳拉科特采取行动

第三天上午,埃米莉来到纳拉科特警督的办公室。她是一大早从斯塔福特村赶来的。

纳拉科特警督赞赏地瞧着她。她欣赏埃米莉的胆量,她的勇敢无畏绝不气馁,她坚韧的决心,还有那百折不挠的乐观精神。她是个斗士,而纳拉科特警督对斗士是极为崇拜的。他私下认为她很坚强,远非吉姆所能相比,即便那个年轻人是清白无辜的也罢。

"小说里一般是这样的看法,"他说,"警方只要有足够的证据进行指控,就会找个牺牲品,一点也不考虑这个牺牲品是否无辜。这可不是事实,特里富西斯小姐,我们要抓的是罪犯。"

"你真的认为吉姆有罪,纳拉科特警督?"

"我还不能给你一个正式的答复,特里富西斯小姐。可我要告诉你——我们不仅要检查对他不利的证据,而且也要仔细检查对别的人不利的证据。"

"你是指他的弟弟布赖恩吧?"

"这位布赖恩·皮尔逊先生很不令人满意。拒不回答问题,也不提供有关他本人的情况,不过,我想——"纳拉科特那德文郡人特有的舒缓笑容展开了。"我可以很准确地猜出他在进行的一些活动。如果我猜对了,再过半小时就会知道,还有那位女士的丈夫,迪林先生。"

"你见过他了?"埃米莉很感兴趣地问道。

纳拉科特警督注视着她那张生机勃勃的脸,觉得自己就快被诱惑得放松警惕了。他靠回到椅背上,又一次回想着他跟迪林先生会面的情景,然后从手边的一个文件夹里,拿出一份发给罗森克劳恩先生的电报的副本。"这是我发的电报,"他说,"这是回电。"

回电内容如下:

> 埃克塞特德赖斯戴尔路 2 号纳拉科特:肯
> 定证实迪林先生的说法。星期五整个下午他都
> 跟我待在一起。罗森克劳恩。

"噢,真麻烦呀。"埃米莉口气很缓和,她没有说出原先想说的那个词,因为她知道警方很老派,一听之下准会吃惊不小。

"是的,"纳拉科特警督若有所思地说,"很恼火,是吧?"

他那德文郡人所特有的舒缓笑容又展露出来。

"可我偏偏是个疑心重的人,特里富西斯小姐。迪林先生的说法听起来滴水不漏——但我想可惜是实在太便宜他了。所以我又发了一封电报。"

他又递给她两张纸条。

第一张上面写着:

征询特里维廉谋杀案有关情况。是否确认马丁·迪林星期五下午不在谋杀现场证据？埃克塞特警督纳拉科特。

回电显得情绪激动，一点也没有考虑要电文简练，以便节省费用：

不知道是谋杀案。星期五并未见到马丁·迪林。因为是朋友关系，才同意证实他的说法。据悉，他的妻子正在要求他办理离婚手续。

"噢，"埃米莉说，"噢——你干得真聪明呀，警督。"

警督显然也认为是这样，他脸上露出既文雅又满足的笑容。

"男人们总是喜欢搞攻守同盟，"埃米莉看着电报说，"可怜的西尔维亚，我真的认为男人在某些方面实在是衣冠禽兽。"她又说："所以有个人能依靠真是太好了。"

她赞佩地对警督莞尔一笑。

"嗯，我说的这一切可是不能向外透露的，特里富西斯小姐，"警督警告道，"我让你知道是不应该的。"

"你真令人敬佩啊，"埃米莉说，"我绝对忘不了的。"

"呃，可要记住了，"警督再次警告道，"一个字也不能对别的人讲啊！"

"你是要我别告诉查尔斯吧，就是恩德比先生。"

"记者就是这么回事，"纳拉科特警督说，"不管你把他弄得怎么服服帖帖的，特里富西斯小姐——哎，新闻可仍然是新闻嘛，对吧？"

"那我就不告诉他好了，"埃米莉说，"我想我已经把他控制得不错了，不过就像你说的，记者就是这么回事。"

"绝不要在不必要的时候跟消息断了线，这是我的原则。"纳拉科特警督说道。

埃米莉双眼目光微微一闪，她那未曾表露的想法是：这半小时之内纳拉科特警督并未好好地遵循这个原则。

她心里突然想起了什么，当然，眼下这也许不重要了。一切都似乎指向一个全然不同的方向。能明白这一点毕竟是好事。

"纳拉科特警督！"她突然叫道，"杜克先生是个什么样人的呀？"

"杜克先生？"

她看出这个问题使警督吃了一惊。

"你记得吧，"埃米莉说，"我们在斯塔福特村遇见你从他的房子里出来。"

"啊，是的，是的。这我记得。老实告诉你吧，特里富西斯小姐，我认为对转桌祈灵那件事应该有自己的看法。伯纳比少校描述情况可不是个一流的好手哇。"

"如果我是你的话，"埃米莉暗想道，"我就会去询问里克罗夫特先生这样的人。干吗要去问杜克先生呢？"

沉默有顷，警督又说：

"只是一种看法而已。"

"我搞不清楚,我怀疑警方究竟对杜克先生有多少了解。"

纳拉科特警督没有回答,两眼死死地盯着吸墨纸。

"是个生活上无可指责的人吧,"埃米莉说,"这句话用来描述杜克先生简直是准确极了,万一他并非总是过着无可指责的生活呢? 也许警方了解这一点?"

她看出纳拉科特警督在竭力忍住不笑时,那张脸微微颤动了一下。

"你喜欢猜测,是吧,特里富西斯小姐?"他和蔼地问道。

"别人不对你说实话那就只好猜呗。"埃米莉反唇相讥。

"像你所说的那样,如果一个男人过的是无可指责的生活,"纳拉科特警督说,"如果他不愿意让过去的生活披露出来,从而引起烦恼和不便,警方自有处理方法。我们不愿出卖任何人。"

"我明白了,"埃米莉说,"不过还是一样,你是去看他,是吧? 这样看来,你无论如何是可能留有一手的。我希望——我真希望了解杜克先生的真实情况。他过去热衷的到底是犯罪学的哪一方面呢?"

她企盼地望着纳拉科特警督,只见后者脸上依然是一副木然的表情,知道在这个问题上没希望说动他。埃米莉唱叹一声,告辞而去。

她刚一走,警督便坐下来,凝视着拍纸簿,嘴角仍保持着一丝笑意。接着,他摁了摁铃,一个部下走进办公室。

"嗯?"纳拉科特警督问道。

"没问题,长官。但不是普林斯顿镇的旅馆,是图布里奇镇的旅馆。"

"哦!"警督接过递给他的纸条。

"好,"他说,"这就定下来了。星期五你们跟踪过另外那个年轻人吗?"

"他肯定是乘末班车到埃克桑普顿镇的,我没弄清他几点钟离开伦敦。正在进行询问。"

纳拉科特点点头。

"这是萨默塞特教堂的登记,长官。"

纳拉科特打开纸条。上面是威廉·马丁·迪林和玛莎·伊丽莎白·里克罗夫特一八九四年的结婚登记。

"啊,"警督说,"还有别的什么情况吗?"

"有的,长官。布赖恩·皮尔逊先生是从澳大利亚乘菲达斯蓝色烟囱号船来的。这艘船在开普敦停泊过,船上并没有姓威利特的乘客。没有来自南非的母女二人。倒有从墨尔本来的埃文斯小姐或者埃文斯太太,约翰逊太太或者约翰逊小姐——后者跟威利特母女俩的情况相符。"

"唔,"警督说,"约翰逊,也许约翰逊也好,威利特也好,都不是真名。我们已经查清楚了,还有别的情况吗?"

看来再无别的情况了。

"呃,"警督说,"要着手下一步,我们手头掌握的情况已经足够了。"

第二十八章　皮靴

"可是,亲爱的年轻小姐,"柯克伍德先生说,"你想在哈兹穆尔邸宅找到什么呢? 特里维廉上校所有的东西都已经搬走,警方也对房子进行过彻底搜查,我对你的处境和焦虑很理解,你希望皮尔逊先生解脱嫌疑。可你能做什么呢?"

"我并不想找到什么,"埃米莉说,"也不想去留心警方的遗漏。恕我不能向你解释,柯克伍德先生。我要——寻找那个地方的气氛。请把钥匙给我吧。这样做并没有什么不好。"

"肯定没什么不好。"柯克伍德先生说得很有分寸。

"那就请行行好吧。"埃米莉说道。

于是柯克伍德先生发了善心,慨然一笑,把钥匙交给了她。他竭力要让她放心,因为要避免这场灾难,只有靠埃米莉以绝不屈服的精神去使用高明的手腕。

当天上午,埃米莉收到一封信,是贝林太太写来的,内容如下:

亲爱的特里富西斯小姐:

　　你说过无论发生什么事情,不管怎么不寻常,甚至也不重要,你都愿意了解。尽管此事极其特殊,无论怎么也不重要,我认为还是有责任立即告知,希望今晚最后一班邮件或明天上午的头班邮件能将此信送到你的手中。我侄女来看我,说起此事,并说无任何重要之处,我是同意的。警方说,一般认为特里维廉上校的房子里并未丢失任何东西,一切显得毫无价值,不过确有某些东西丢失,当时并未引起注意是由于并不重要。但是,小姐,埃文斯发现上校的一双皮靴不见了,是他跟伯纳比少校检验上校的遗物时发现的。尽管我认为不重要,小姐,但我想你是愿意知道的。是一双很厚实的皮靴,小姐,是那种上校在雪里行走时才穿的擦油的皮靴。由于上校并未在雪地里行走,所以似乎没有意义。但这双皮靴丢失了,没人知道是谁拿走的。尽管我认为这没有什么价值,但我觉得有责任写信告知,希望这对你有用,尽管眼下对我是没用的。希望你不要太担心你那位年轻先生。

你忠实的

贝林太太

埃米莉把这封信看了好几遍,又跟查尔斯进行商讨。

"皮靴嘛,"查尔斯深思熟虑地说,"好像没什么意思吧。"

"一定是有意思的,"埃米莉指出,"我是说——为什么有一双皮靴不见了呢?"

第二十八章

皮靴

"他干吗要编造？要编造也该编造点有意义的事情呀。这种编造愚蠢之极，毫无目的可言。"

"皮靴表明有些事情跟脚印有关。"查尔斯慎重地说道。

"我知道，不过脚印似乎跟谋杀案完全没有关系。也许不再下雪就好了——"

"是的，也许吧，不过甚至就在那个时候也——"

"他可能把它送给某个流浪汉了吧，"查尔斯揣测道，"后来那流浪汉反而把他干掉了。"

"我想是可能的，"埃米莉说，"不过听起来特里维廉不会这样做。他也许会找个人来干点活，或者给个把先令什么的，但却不可能硬要人家收下冬天用的最好的皮靴吧。"

"噢，我不再坚持那种看法了。"查尔斯说道。

"我要坚持自己的看法，"埃米莉说，"无论如何，我一定要坚持追查到底。"

她有言必行，再次来到埃克桑普顿镇，先去三王冠旅馆。贝林太太对她非常热情。

"你那位年轻先生还在牢里，小姐！唉，这真是糟糕透顶，我们谁也不相信是他干的，如果这件事跟我有关的话，我就愿意听别人这么说。那你收到我的信了？想见埃文斯吗？好吧，他就住在拐角那儿，福尔街85号。但愿我能跟你一块儿去，可我离不开这儿。你自个儿去不会找错地方的。"

埃米莉的确并未找错地方。埃文斯不在家，但是埃文斯太太却邀请她进屋叙谈。埃米莉坐下后,埃文斯太太便也坐下来,埃米莉马上就开门见山地谈起正经事来。

"我来这儿,是想问问你丈夫告诉贝林太太的事情。就是特里维廉上校丢失皮靴那件事。"

"这事情真古怪,没错。"那女人说道。

"你丈夫对这件事很肯定吧?"

"噢,是的。上校冬天里大部分时间是穿着这双皮靴的。是双大皮靴,得穿上好几双短袜呢。"

埃米莉点点头。

"不可能是拿去修补了吧?"她揣测道。

"埃文斯知道没有拿去修补,"埃文斯太太夸耀地说,"不会,我想不会。这跟谋杀案没有任何关系吧,是吗,小姐?"

"好像是这样吧。"埃米莉同意道。

"他们发现什么新情况了吗,小姐?"那女人口气很急迫。

"是的,有一两件吧——都不很重要。"

"埃克塞特的那位警督今天又来了,我就料到他们会来的。"

"是纳拉科特警督吧?"

"对,就是他,小姐。"

"他跟我乘的是同一班火车吗?"

"不是,他是乘汽车来的。他先去了三王冠旅馆,询问了那位年轻先生随身行李的情况。"

"什么先生的随身行李啊?"

皮靴

"跟你在一起的那位年轻先生,小姐。"

埃米莉惊得目瞪口呆。

"他们问过汤姆,"那女人继续说,"我刚好路过那儿,他就告诉我了。注意到情况的是汤姆。他记得那位年轻先生的行李上有两条标签,一条是去埃克塞特的,另外一条是去埃克桑普顿镇的。"

埃米莉想象着查尔斯为搞到独家新闻而不惜犯下谋杀罪的情景,脸上禁不住突然露出笑容来。她认定有人会拿这件事写出一篇惊人的小故事。这当然是不可能的,但他仍然对纳拉科特警督认真彻底地核实每个细节的态度十分钦佩,不管这些细节跟谋杀案多么风马牛不相及。他一定是跟她谈过话后立马又来的。小汽车可以开得相当快,很容易赶在火车前面,况且她还在埃克塞特停留,用了午餐。

"后来警督去哪儿了?"她问道。

"去斯塔福特村了,小姐。汤姆听见他跟司机说的。"

"去斯塔福特邸宅了?"

她知道布赖恩·皮尔逊眼下仍然和威利待母女待在斯塔福特邸宅。

"不是,小姐,是去杜克先生家。"

又是杜克。埃米莉心里十分恼怒,然而又无可奈何。这个杜克一直是个神秘人物。她觉得应该可以让他提供证据,不过似乎任何人对他都有相同的印象:正常的普通人,心情愉快。

"我得去见他，"埃米莉自言自语地说道，"一回到斯塔福特村就直接上那儿去。"

于是她谢过埃文斯太太，到了柯克伍德先生那儿，拿了钥匙，来到哈兹穆尔邸宅的大厅里，心里一片茫然，又百感交集。

她缓慢地走上楼梯，进入楼道尽头的一个房间。这儿显然是特里维廉上校的卧室。正如柯克伍德先生所言，里面的个人物件都已经全部搬走。毯子叠成整齐的一堆，抽屉空空如也，橱柜里连一个衣架也没有，鞋柜里只有一排排空隔档。

埃米莉叹了口气，转身下楼。客厅是被谋杀的人躺过的地方，雪花从打开的窗户飘落进来。谁杀害了特里维廉上校？为什么？他是五点二十五分遇害的，人人都认为是这样——要不然就是吉姆吓坏了，撒了谎？他准是敲前门没人应答，于是绕到窗户那儿往里一瞧，看见舅舅的尸体，吓得一溜烟地跑了吗？她要是知道就好了。据戴克斯先生说，吉姆对自己说过的话并不改口。是的——可能吉姆是给吓坏了。然而她对此却没有把握。

里克罗夫特先生曾经提过，也许屋里还有别的什么人——此人听到争吵，于是趁机行凶吗？

如果情况如此，能解释皮靴丢失的问题吗？有人在楼上——在特里维廉上校的卧室里藏着吗？埃米莉再次走过大厅，朝卧室飞快地瞄了一眼，里面有几只皮箱，已经整齐地捆好，贴了标签。旁边的壁板空无一物，银杯已经放到伯纳比少校家了。

皮靴

不过,她注意到那三本作为奖品的新小说,查尔斯曾把从埃文斯那儿听来的有关那三本小说的故事绘声绘色地给她描述过,而眼下这三本小说被遗忘在这儿,散放在一把椅子上。

她再次环视室内,随即又摇摇头,这儿也是人去屋空。

她又走上楼梯,再次进入卧室。

一定得弄清楚这双皮靴为什么会丢失!除非能得出使自己满意的推测,说明丢失的原因,她是不能把这个问题从心里排除掉的。这双皮靴已经变得失去比例,十分滑稽,大得让所有别的东西相形见绌。难道没有什么可以帮助她了吗?

她拉开每一个抽屉,伸手往里摸。在侦探小说里,这儿总会找到一些令人满意的纸片,但是在现实生活里,显然不能指望会有这种幸运的事情,不然纳拉科特警督和他那班人马早就顺利地查清了案件。她摸索着,想找到一些松动的板子,手指在地毯的边角下触碰着。

就在她伸直腰板,站立起来时,这个整洁的房门里有一点不协调的地方映入了她的眼帘,那是壁炉里的一小堆烟灰。

埃米莉注视着那堆烟灰,心里涌起一阵兴奋,恰像食蛇鹰看见一条蛇似的。她走过去,查看起来。烟灰只提供某种可能性,既非逻辑推断,也非因果探寻。埃米莉挽起袖子,双手伸进烟囱通道里。

过了一会儿,她掏出一只用报纸整齐地包好的包裹,难以置信地凝视着,心里一阵高兴。她把报纸抖开,眼前正是那双曾经遗失的皮靴。

"可是为什么呢?"埃米莉说,"原来在这儿。可是为什么在这儿呢?为什么?为什么?为什么?"

她凝视着这双皮靴,又把它们翻转过来,里里外外地检查着。那个问题又一次在脑海里浮现:为什么?

是有人拿走特里维廉上校的皮靴,并且藏进烟囱里,为什么要那样做呢?

"啊,"埃米莉发狂似的叫道,"我简直快要疯了!"

她小心翼翼地把皮靴放到地板中央,拉过一把椅子来,正对着皮靴坐下。此时,她认真地从头思索起来,思索每一个她自己知道或从别人那儿偶尔听到的细节。她考虑着里里外外的每一种因素。

蓦然之间,一团古怪的疑云开始形成——地板上那双寂然无声的无辜皮靴使她产生了一个想法。

"可如果是这样,"埃米莉说,"如果是这样——"

她拾起那双皮靴,匆匆下楼,推开餐厅的门,走到橱柜前,这儿放的是特里维廉上校那些杂七杂八的运动奖品和运动装备,所有这一切他都保证要做到不让女房客触碰。滑雪板、头盔、象脚、象牙、鱼线——这一切尚待杨格先生和皮博迪先生打包收存。

埃米莉手持皮靴,弯下腰去。

过了一两分钟,她又直起腰来,满脸通红,一副不敢相信的神情。

"这就对了,"埃米莉说,"这就对了。"

皮靴

她跌坐在一把椅子上。仍然有许多情况不明就里。

过了一会儿,她站起身来,大声说道:

"我知道是谁谋杀了特里维廉上校,但我不明白究竟是为什么。我仍然想不出这是为什么,可我不能再浪费时间了。"

她匆匆离开哈兹穆尔邸宅。找辆车把她送到斯塔福特村只需要几分钟。她叫司机开到杜克先生住的平房去。付了车费之后,等车刚一开走,她立马走上了小径。

她在杜克先生的房门上使劲地敲了几下。

过了一会儿,门打开了,走出来一个大块头男人,脸上的表情分外冷漠。

埃米莉生平头一遭跟杜克先生四目相对。

"杜克先生吗?"她问道。

"是的。"

"我是特里富西斯小姐,能进来吗?"

杜克先生略显犹豫,接着往里一站,侧身让她进屋。埃米莉走进走里间。他关好了前门,跟着进了屋。

"我要见纳拉科特警督,"埃米莉说,"他在这儿吧?"

又是一阵沉默。杜克先生似乎不知如何回答才好。后来他终于下了决心,微微一笑,那笑容看起来相当古怪。

"纳拉科特警督是在这儿,"他说,"你想见他干吗?"

埃米莉拿出包裹,把它打开,然后把皮靴放到他面前的桌子上。

"我要,"她说,"我要让他看看这双皮靴。"

第二十九章　重演转桌祈灵

"哈啰!"罗尼·加菲尔德一连喊了几声。

里克罗夫特先生停住脚步,让罗尼赶上来,他刚从邮局出来,正缓慢地沿着陡直的小巷往斜坡上爬。

"到哈罗德商店去了,嗯?"罗尼说道。

"没去,"里克罗夫特先生说,"我散了一会儿步,走到铁匠铺那儿。今天的天气可真好啊!"

罗尼抬头仰视蓝天。

"是的,跟上星期有点不一样了。我问一下,你是去威利特家吧?"

"对,你也去吗?"

"是啊,斯塔福特村的闪光景点嘛——我是指威利特母女俩。千万别垂头丧气,这是她们的座右铭。照样活下去没事。我姨妈说,丧礼才刚结束不久就请人去喝茶是太绝情,可她那样想也太土气了。她说她为秘鲁皇帝感到不安。"

"秘鲁皇帝?"里克罗夫特先生甚感诧异。

"就是那只眨眼猫呗。可实际上是皇后,卡罗琳姨妈自然生气啰。她不喜欢这些公猫母猫的事情——所以,这是我说的,她就对威利特母女俩说些骂猫的话来出气。她们干吗要请人喝茶呢?特里维廉又不是她们的亲戚。"

重演转桌祈灵

"真是这么回事啊。"里克罗夫特先生说,一边转过头来,观察飞过的一只鸟,认为自己发现了一个新种。

"真讨厌,"他咕哝道,"我没戴眼镜。"

"嗨! 我说呀,对特里维廉,你认为威利特太太实际上知道得更多吧?"

"你问这干吗?"

"因为她变了许多。你见过这种事情吧? 一个星期之内她老了二十岁呢。你肯定也注意到了吧。"

"是的,"里克罗夫特先生说,"我是注意到了。"

"噢,行了。特里维廉的死在某些方面对她来说是个可怕的震动。如果她是老头多年以前抛弃的妻子,又没给认出来,那就古怪了。"

"我看这不可能,加菲尔德先生。"

"太像电影噱头了吧,嗯? 可古怪的事情就会发生。我在《每日电讯报》上总能看到一些实在惊人的报道,要不是刊登在报纸上,你绝对不会相信这些事情的。"

"难道刊登出来就可以相信了?"里克罗夫特先生尖刻地问道。

"你厌恶年轻的恩德比,是吧?"罗尼问道。

"我讨厌那种专管别人闲事的没教养的人。"里克罗夫特先生回答道。

"是的,这些事情的确跟他有关。"罗尼毫不让步。"我说专管别人闲事本来就是那位可怜老兄的工作嘛。他好像已经把老伯纳比弄服帖了。奇怪,那老头就是不愿意见到我,我倒像是斗牛士逗牛的红布似的。"

里克罗夫特先生未置评判。

"看在老天分上，"罗尼说，又向天空扫了一眼。"你知道今天是星期五吧？上星期这个时候，我们也像这样拖拖沓沓地上威利特家去。可是今天的天气就有点不一样了。"

"一个星期，"里克罗夫特先生说，"时间好像是长极了。"

"像是过了一年，是吗？哈啰，阿布杜尔。"

他们正走过怀亚特上尉家的大门，只见那孤零零的印度人倚在门上。

"下午好，阿布杜尔，"里克罗夫特先生说，"你家主人怎么样啊？"

印度人摇摇头。

"主人今天不好，老爷。不见任何人。不能长时间见任何人。"

"你知道吧，"罗尼边走边说，"那家伙可以轻而易举地干掉怀亚特，别人不会知道的。他这样摇着头说主人不见任何人，哪怕一连说上几个星期也没人会觉得奇怪的。"

里克罗夫特先生认为此话有理。

"不过也仍然有处理尸体的难题。"他指出了这一点。

"是的，这一点永远是难办的，对吧？很麻烦，尸体就是难处理。"

他们来到伯纳比家的大门前。少校正在花园里，表情严厉地盯着一株杂草,那株杂草在不该长出的地方冒了头。

"下午好,少校,"里克罗夫特先生说,"你也去斯塔福特邸宅吗?"

伯纳比揉揉鼻子。

"别以为我会去。她们送了张帖子邀我。呃——我不想去,你能理解的。"

里克罗夫特先生点点头,表示理解。

"可是,"他说,"我仍然希望你能来。我是有道理的。"

"道理,什么道理啊?"

里克罗夫特先生欲言又止,犹豫起来,显然是由于罗尼·加菲尔德在场使他有点紧张。可是罗尼却完全不知情,依然站在那儿,蛮有兴趣地聆听着。

"我是想搞个试验。"他终于慢吞吞地说道。

"什么试验啊?"伯纳比少校问道。里克罗夫特先生再度犹豫起来。

"我还是先不讲的好,不过如果你来,我要请你支持我提出的任何建议。"

伯纳比的好奇心终于占了上风。

"好的,"他说,"我来。我嘛,是靠得住的。我的帽子在哪儿?"

过了一会儿,他头戴帽子,加入了他们的行列。三个人走进斯塔福特邸宅的大门。

"听说你们在等同伴,里克罗夫特。"伯纳比打开了话头。

年纪大些的那个男人脸上露出烦躁的表情。

"谁告诉你的?"

"那个喜鹊一样叽叽喳喳的女人呗,就是柯蒂斯太太嘛。她挺爱整洁,也很诚实,可那张嘴却唠叨个不停,不管你听不听,她照说不误。"

"的确如此,"里克罗夫特先生表示同意,"我这些天在等我的侄女,就是迪林太太,还有她丈夫,明天他们该来了。"

此时他们已经来到前门,摁过门铃后,布赖恩·皮尔逊打开了门。

在大厅里脱下大衣时,里克罗夫特饶有兴趣地注视着那位身材高挑、肩膀宽阔的年轻女人。

"绝妙的标本,"他心里想道,"真是绝妙的标本,脾气倔犟,下颚的角度很古怪,在特定情况下是个难伺候的人。可以称之为危险的年轻女子。"

伯纳比少校走进客厅时,一阵不实在的感觉传遍他的全身。威利特太太起身表示欢迎。

"你能出来真是太好了。"

这句话跟上星期五那天所说的话完全一样。壁炉里也依然是熊熊大火。他没有把握地回想着,也许那母女俩穿的衣服仍然跟上星期五的一样吧。

这确实令人感到毛骨悚然。似乎又回到了上个星期——似乎乔·特里维廉并未死去——一切似乎从未发生,也从未改变。别这样想吧,这样想是错误的。威利特

重演转桌祈灵

这个女人是变了。就好比一艘即将沉没的船,只能这样形容她了。不再是世上富有而坚强的女人,而是个吓破了胆的小动物,显然是可怜地努力要表现得一切如常。

"就是把我吊死,我也不明白乔的死对她有何意义。"少校暗忖道。

他心里不断地涌动着一种印象,觉得威利特母女俩的情况确实有点古怪。

像往常那样,他又猛然省悟过来。有人在对他说话,可他却沉默不语。

"恐怕这是我们最后一次小聚了。"是威利特太太在对他说话。

"什么?"罗尼·加菲尔德突然抬起头来。

"是的,"威利特太太摇摇头、强装笑脸却没笑出来,"我们本来是要在斯塔福特村过完冬天的。从我个人来说,当然啰,我是挺喜欢的——雪呀、山峰呀、旷野呀,如此等等。但是家里出了问题! 家庭问题真难办哪——我是走投无路了!"

"我原来以为你要找一个厨师兼司机的。"伯纳比少校说道。

威利特太太浑身起了一阵突如其来的颤抖。

"不,"她说,"我——我只好放弃那个打算了。"

"天哪,天哪,"里克罗夫特先生叹道,"这对我们大家可是个极大的打击呀。实在太悲惨。你们这一走,我们又得重新踏上凄凉旧路了。你们准备什么时候动身呢?"

"我想,下星期一吧,"威利特太太说,"除非我明天能应付下来,没有仆人就真难办。当然啰,我还得跟柯克伍德先生把事情办完。我原本要租用四个月的。"

"你们要去伦敦吗?"里克罗夫特先生问道。

"是的,很可能,一切重新开始吧。以后我们会出国,去里维埃拉。"

"真是一大损失啊。"里克罗夫特先生说,又颇有骑士风度地鞠个躬。

威利特太太莫名其妙地发出一声古怪的窃笑。

"你太好了,里克罗夫特先生。哦,喝茶好吗?"

茶摆上了,威利特太太把每个杯子斟满。罗尼和布赖恩挨个递着茶。大家都感到一阵不可名状的难堪。

"你打算怎么办?"伯纳比向布赖恩·皮尔逊陡然发问道,"你也要走吗?"

"去伦敦嘛,是的。当然,这件事不了结我就出不了国。"

"什么这件事?"

"我是说我哥哥要解脱这个可笑的指控,然后我才能走。"

他旁若无人地说着,那姿态像是在进行挑战。大家无言以对。伯纳比少校使这个窘境缓和下来。

"我打开头就认为不是他干的,从不相信。"他说道。

"没人会认为是他干的。"维奥莱特说,感激地瞥了他一眼。

一阵铃声打破了谈话的停顿。

重演转桌祈灵

"杜克先生来了，"威利特太太说，"让他进来，布赖恩。"

年轻的皮尔逊走到窗前。

"不是杜克，"他说，"是那个该死的记者。"

"哦，天哪，"威利特太太说，"唉，我们还是让他进来吧。"

布赖恩点点头。过了一会儿，他就跟查尔斯·恩德比一块儿进了客厅。

恩德比仍然一如往常，笑容满面，一副让人觉得高兴的模样，他丝毫未曾想过自己会是不受欢迎的人。

"哈啰，威利特太太，你好吗？我刚才想，应该进来看看情况怎么样。我不知道斯塔福特村的人都上哪儿去了。原来是在这儿呀。"

"喝杯茶吧，恩德比先生？"

"你太好了。我就喝一杯吧，我没看见埃米莉在这儿。我想她是跟你姨妈在一起吧，加菲尔德先生。"

"我可不知道，"罗尼目瞪口呆地说，"我想她是到埃克桑普顿镇去了。"

"噢，她早就回来了。我怎么会知道？是一只小鸟告诉我的。准确地说，就是柯蒂斯那只小鸟。汽车经过邮局，开上小巷，回来时里面便没了乘客的影。她不在5号小平房，也不在斯塔福特邸宅。奇怪，她到底在哪儿？她让珀西豪斯小姐失望了，一定是跟那位专门勾引女人的怀亚特上尉在品茶吧。"

"也许是上斯塔福特灯塔看日落去了。"里克罗夫特先生猜测道。

"别这么想嘛,"伯纳比说,"该看见她经过这儿的,我在花园里待了一个小时呢。"

"噢,我认为这并不是非常关键的问题,"查尔斯愉快地说,"我是说她不会被拐骗,也不会被谋杀什么的。"

"那你的报社就认为有点可惜了,是吧?"布赖恩讥讽道。

"就是有个跟她一模一样的姑娘,我也不会放弃埃米莉的。"查尔斯说道。"埃米莉,"他又深思熟虑地说,"可真是举世无双啊!"

"太可爱了,"里克罗夫特先生说,"太可爱了。我俩——呃——是同伙吧,我是说她跟我是同伙吧?"

"都喝完茶了吧?"威利特太太问道,"打桥牌怎么样?"

"哦——稍等片刻。"里克罗夫特先生说道。

他郑重其事地清了清嗓子。每个人都望着他。

"威利特太太,我嘛,正如你所知道的,对精神现象深感兴趣。一星期前的今天,就在这间屋里,我们获得一次令人惊异而且造成恐惧的经验。"

维奥莱特·威利特发出了一点轻微的响声,他向她转过身去。

"我知道,亲爱的威利特小姐,我知道。这种经验使你不安,让人很不安。我不否认这一点。自从谋杀案发生以来,警方就一直在追踪杀害特里维廉上校的凶手,还进行了逮捕。但是在这间屋里,至少我们当中的某些人,并不相信詹姆斯·皮尔逊是有罪的。我要提议的是,我们再来重复一次上星期五的试验,但这回要以一种很不一样的精神来进行。"

"不!"维奥莱特叫道。

"噢,"罗尼说,"我看那太过分了。无论如何我是不参加的。"

里克罗夫特先生并未理睬。

"威利特太太,你意下如何?"

她犹豫起来。

"说实话,里克罗夫特先生,我可不喜欢这个建议。上星期的那件事给我留下了极其恶劣的印象。这要经过很长时间才会淡忘。"

"你想达到什么目的呢?"恩德比颇感兴趣地说,"你以为那些精灵鬼怪会把杀害特里维廉上校的凶手姓甚名谁告诉我们吗?这要求好像太高了吧?"

"就像你说的,这个要求是太高,可上星期也有个口信说特里维廉上校死了嘛。"

"说得对,"恩德比同道道,"不过,呃——你明白吧,这个建议的后果你可没有考虑到。"

"举个例好吗?"

"假如提到一个名字怎么办?你不认为在场的某个人会故意——"

他顿住了,罗尼·加菲尔德很看重这个尚未说出口的词。

"挪动。他就是这个意思。假设某个人故意挪动桌子。"

"这是个严肃的试验,先生,"里克罗夫特先生温和地说,"没人会这么干的。"

"我可不知道,"罗尼表示怀疑,"我不会把责任推给他们的,我不是说我自己会去挪动桌子,我发誓我不会那样干。不过假设每个人都说是我挪动的,那怎么办?那不就很狼狈了嘛,你知道。"

"威利特太太,我是很认真的,"个子矮小的老先生没有理睬罗尼的话。"我请求你,让我们来做这个试验吧。"

她有点动摇不定了。

"我不喜欢,真的不喜欢。我——"她不安地环顾四周,好像在准备逃遁。"伯纳比少校,你是特里维廉上校的朋友,你说说吧。"

少校的目光跟里克罗夫特先生的相遇了。这一瞥使他明白过来,原来这样做就是里克罗夫特先生曾暗示过的不测事件了。

"干吗不做呢?"他声音粗嘎地回答道。

此话一经出口便如一锤定音。

罗尼从隔壁房间拿来那张以前用过的小桌子,摆放在客厅中央,把椅子拉来围住。大家默然无语地瞧着,这种试验显然很稀罕。

"我看这就对了,"里克罗夫特先生说,"我们就要在完全相同的情况下重复上星期五的游戏了。"

"并不完全相同，"威利特太太表示异议，"杜克先生不在场。"

"对，"里克罗夫特先生说，"可惜他不在场，很遗憾。不过——呃——我们可考虑他是由皮尔逊先生代替了。"

"别参加，布赖恩，我求你了。请别参加。"维奥莱特哭泣道。

"这有什么关系？不过是胡言乱语一通罢了。"

"这种精神就完全不对劲了。"里克罗夫特先生态度严厉地说道。

布赖恩·皮尔逊没有搭腔，却在维奥莱特旁边坐了下来。

"恩德比先生——"里克罗夫特先生正待开始，查尔斯又把他打断了。

"我不熟悉这种游戏。我是个记者，而你们又不信任我。我来对发生的现象做速记吧——是称为现象，对吗？——是发生的现象。"

事情就这样决定了。六个人各就各位。查尔斯熄了灯，坐到壁炉的围栏上。

"等一等，"他说，"现在是几点钟？"他借着炉火发出的光瞧了瞧手表。

"真奇怪。"他说道。

"奇怪什么呀？"

"现在正好是五点二十五分。"

维奥莱特轻轻地叫了一声。

里克罗夫特先生严厉地制止道：

"别出声!"

几分钟过去了,这一次的气氛跟上星期五迥然不同。没有抑制住的笑声,也没有悄声的评论——只有一片沉寂,最后被桌子上发出的咔嚓声打破。

里克罗夫特先生在说话。

"那儿有人吗?"

又是一次轻微的咔嚓声——这声音在那间黑暗的屋子里听起来让人觉得十分怪诞。

"那儿有人吗?"

这一次不是咔嚓声,而是震耳欲聋的有力叩击。

维奥莱特尖叫起来,威利特太太也发出一声叫喊。

布赖恩·皮尔逊相当肯定地说:

"没事。有人在敲门。我去开门。"

他大步流星地走出了客厅。

大家依然一言不发。

突然之间门打开了,电灯也亮了。

门廊里站着纳拉科特警督,他身后是埃米莉·特里富西斯小姐和杜克先生。

纳拉科特跨步进入客厅,宣布道:

"约翰·伯纳比,我控告你本月十四日星期五谋杀约瑟夫·特里维廉。我在此警告你,你所说的一切将予以记录,并作为证据。"

第三十章　埃米莉的解释

屋里的人都围着埃米莉·特里富西斯小姐,他们惊得瞠目结舌。

纳拉科特把罪犯带出了客厅。

查尔斯·恩德比好不容易才说出话来。

"老天在上,都讲给我听听吧,埃米莉,"他说,"我得去发电报,一刻值千金哪!"

"是伯纳比少校谋杀了特里维廉上校。"

"噢,我看见纳拉科特逮捕他的,我想纳拉科特是神志清醒的吧——不会突然发了神经的。可是伯纳比怎么会谋杀特里维廉呢? 我是说这在感情上怎么可能呢? 如果特里维廉是在五点二十五分遇害——"

"不是在你说的那个时间遇害的,是六点差一刻的时候。"

"嗯,不过就是那个时间也——"

"我知道。如果不是凑巧想到的话,猜是绝对猜不到的。滑雪板,那就能解释,是滑雪板。"

"滑雪板?"所有的人都不约而同地问道。

埃米莉点点头。

"对,他处心积虑地策划了这场转桌祈灵的鬼把戏。不像我们原来想象的那样是巧合、是无意之中干的,查尔斯。我们没有考虑到第二种可能——是有意干的。他知道马上就要下大雪,那就非常安全了,因为大雪能消除一切痕迹。他造成一种特里维廉已经死了的印象——使每个人都慌乱起来。然后他便假装非常不安,执意要马上步行去埃克桑普顿镇。

"他回到家里,套上滑雪板(放在花园的小棚屋里,跟许多别的用具在一起)就出发了。他滑雪可是行家里手了。去埃克桑普顿镇是下坡路——滑雪很畅快,只需要十分钟就够了。

"他来到窗前,敲了敲窗户,特里维廉上校让他进了屋,可绝没料到他会来。等特里维廉转过身去,他就立即抓住时机,拿起那根铁管子什么的——把特里维廉上校砸死了。噢!一想到这个情景我就直想呕吐。"

她打了个冷战。

"很容易地就把上校干掉了。他有的是充足的时间。可以把滑雪板擦干净,然后放进餐厅橱柜,跟别的东西混在一起,这是肯定的。后来呢,他又砸破窗户,把抽屉全拉出来,里面的东西乱扔一气——造成有人破门而入的样子。

"快八点钟的时候,他只消走出屋外,绕到上面的路上,气喘吁吁地回到埃克桑普顿镇,好像是从斯塔福特村走去又走回来似的就行了。只要没有人怀疑到滑雪板,他就是安全的。医生当然认定特里维廉上校死了至少两个小时。而且,我刚才还说过,只要没有人怀疑到滑雪板,伯纳比少校就有不在作案现场的完美证据。"

"可他俩是朋友呀——"里克罗夫特先生说,"伯纳比和特里维廉是老朋友了。一直非常友好。这可真令人难以置信啊!"

"是这样,"埃米莉说,"我也这样想过,不明白究竟是为什么。我反复考虑,最后只好去找纳拉科特警督和杜克先生。"

她顿住了,望着无动于衷的杜克先生。

"能告诉大家吗?"她问道。

杜克先生释然一笑。

"请便,特里富西斯小姐。"

"好吧——哦,也许你倒宁愿我不说为妙。我去找他俩,终于把情况弄清楚了。你还记得的,查尔斯,埃文斯曾经提到过,特里维廉上校常常用他的名字寄有奖竞猜答案。特里维廉上校认为斯塔福特邸宅这个名字太豪华。呃——足球赛结果有奖竞猜他就是这样干的,你还给了伯纳比少校一张五千英镑的支票呢。实际上参加有奖竞猜的不是伯纳比少校,是特里维廉上校,信上用的却是伯纳比的名字。他认为斯塔福特1号平房听起来要好得多。嗯,明白发生了什么情况吧?星期五上午,伯纳比少校收收了信,说他赢了五千英镑。顺便说一下,这种说法本来应该引起我们的怀疑,他告诉你们从没收到过信——因为星期五天气不好,邮件没有送到。哦,我说到哪儿了?是伯纳比少校收到信的事。他亟需那五千英镑,很急迫。他买进的股票一直在跌价,损失了相当惊人的一笔钱。

"他那样铤而走险一定是基于某种非常突然的决定，我认为是这样。也许就在他想到那天傍晚马上就要下雪的时候。如果特里维廉已经死了，那就可以截下那笔钱，任何人也不会知道了。"

"真是惊人，"里克罗夫特先生小声说，"真是太惊人了，我做梦也想不到会是这样——可是我亲爱的年轻小姐，这一切你是怎么知道的呢？你是怎么想对了路子的？"

埃米莉谈起贝林太太的那封信，又告诉他在烟囱里找到那双皮靴的情况。

"是看着这双皮靴才想到的。是那双滑雪穿的皮靴，明白了吧，这使我想起滑雪板，我突然纳闷起来，如果可能——我冲到楼下橱柜那儿。没错，那儿是有两副滑雪板。其中一副要长些。皮靴跟那副长些的滑雪板正好相配。足尖夹子还调整过，以便跟小一些的皮靴相配。短一些的那副滑雪板则是另外一个人的。"

"他该把滑雪板藏到别的什么地方去？"里克罗夫特先生像个鉴赏家似的表示不欣赏。

"不行，不行，"埃米莉说，"他能把滑雪板藏到哪儿去呢？这地方本来就挺不错嘛。过一两天，所有这些家什就会全收走，警方也不会费神去考虑特里维廉上校是有一副滑雪板还是两副滑雪板的。"

"那他干吗连皮靴也要藏起来呢？"

"我想是这样，"埃米莉说，"他生怕警方会正好像我那样，看滑雪皮靴就自然而然地想到滑雪板。所以他便把皮靴胡乱塞进烟囱,这当然是犯了个错误,因为埃文斯发现皮靴不见了,而我却找到了那双皮靴。"

"他存心要把谋杀的罪名栽到吉姆头上吗?"布赖恩·皮尔逊气呼呼地问道。

"噢,那倒不是。只怪吉姆太呆,运气也太坏。他傻极了,可怜的小绵羊。"

"他现在没事了,"查尔斯说,"不用为他担心了。这就是全部的详情了吧,埃米莉?如果是这样,那我就得马上去发电报了。对不起,诸位。"

他疾步冲出房间。

"简直就是根通电的电线。"埃米莉说道。

杜克先生用他那深沉的嗓音说:

"你自己也一直就是根通电的电线嘛,特里富西斯小姐。"

"这可没错。"罗尼赞赏地附和道。

"哦,我的天哪!"埃米莉突然软瘫在一把扶手椅上。

"你需要来点上劲的东西,"罗尼说,"来杯鸡尾酒吧,嗯?"

埃米莉摇摇头。

"来点白兰地才对。"里克罗夫特先生说起话来俨然是个律师。

"喝杯茶就行了。"维奥莱特提议道。

"我倒想要盒扑粉,"埃米莉愁眉苦脸地说,"我的扑粉忘在汽车里了,我知道自己是高兴得满脸油光了。"

维奥莱特带她上楼,去找这种用来稳定情绪的东西。

"好了，"埃米莉一边给鼻子扑粉，一边肯定地说，"这扑粉可真不赖呀，我觉得好多了。你有口红吗？我现在觉得自己跟别人没什么两样了。"

"你真是太棒了，"维奥莱特说，"这么勇敢无畏。"

"其实不尽然，"埃米莉说，"在这层伪装下，我抖得跟果冻似的，心里还有点懊恼呢。"

"我知道的，"维奥莱特说，"我也有过这种感觉。这几天我真给吓坏了——全是为布赖恩，你知道的。当然啰，他们不会以谋杀特里维廉上校的罪名吊死他，但只要他说出当时他是在哪儿，他们就会探查出是他策划爸爸越狱的。"

"你说什么？"埃米莉一听这话马上就停止了化妆。

"爸爸就是那个逃犯，我们到这儿来就是这个原因。妈妈和我，可怜的爸爸，他总是——有时很古怪。竟然干出这些可怕的事来。我们是从澳大利亚来的船上遇到布赖恩的，他和我——呃——他和我——"

"我明白了，"埃米莉帮她把话说完，"当然是这样了。"

"我把事情都告诉他，然后我们订了个计划。布赖恩可真了不起。幸好我们有足够的钱，布赖恩才能制定那番计划。要逃出普林斯顿监狱非常困难，你知道，但是布赖恩把一切全安排得井井有条的。这实在是个奇迹啊。是这样安排的，爸爸逃出来后，直接越过这片荒地，藏到皮克西洞里，然后他和布赖恩就扮成我们的两个仆人。你看得出，既然我们提前这么早就来到这儿，可能就不会引起别人的怀疑。是布赖恩把这个地方告诉我们的,而且建议我们给特里维廉上校付高额房租。"

"真是太遗憾了,"埃米莉说,"我是指事情完全是出了岔子。"

"这可把妈妈整垮了,"维奥莱特说,"我觉得布赖恩真是了不起。并不是每个男人都情愿娶个罪犯的女儿的,不过我认为实际上并不是爸爸的错。十五年以前他被马踢了脑袋,真吓人,从此就变得有点古怪了。布赖恩说,如果有良医咨询,他会康复的。但是现在我们别尽谈我自个儿的事了吧。"

"还有什么办法吗?"

维奥莱特摇摇头。

"他病得很重——在荒野里给冻的,你知道,太冷了嘛。是患了肺炎,我觉得他要死了——唉——也许这样对他反倒好些。这话让人听了会害怕,可你明白我是什么意思的。"

"可怜的维奥莱特,"埃米莉说,"这情况实在让人太失望了。"

那姑娘却把头一摇。

"可我得到了布赖恩,"她说,"而你则得到了——"

她羞涩地打住了话头。

"是的,"埃米莉若有所思地说,"正是这样。"

第三十一章 谁是幸运儿？

十分钟以后，埃米莉急匆匆地沿小巷往下走。怀亚特上尉斜依在大门上，竭力想使她走得慢一点。

"嗨！"他叫道，"特里富西斯小姐，你说的那一切到底是怎么回事？"

"句句是实话。"埃米莉一边回答，一边仍匆匆往前赶。

"是的。可是你听我说，进屋来，来喝杯酒，要不就喝杯茶吧。时间多着呢，别忙嘛。你们这些个文明人可真够差劲的。"

"是够差劲的，这我知道。"埃米莉说道，仍未停步。

她走进珀西豪斯小姐家，那情绪仿佛像是炸弹爆炸了一样。

"我来把全部情况都告诉你。"埃米莉对珀西豪斯太太说道。

她直截了当地把情况叙述了一遍。珀西豪斯小姐叹息着，不时冒出一句"上帝保佑我们"、"真的吗"或者"噢，真想不到哇"。

埃米莉叙述完毕，珀西豪斯小姐用胳臂肘支撑起身体，自命不凡地晃着一根手指。

"我曾经跟你怎么说来着，"她要埃米莉承认她有先

谁是幸运儿？

见之明，"我告诉你伯纳比可是个妒忌心很重的人。还是特里维廉上校的老朋友呢！二十多年来，特里维廉上校无论办什么事情都要比他办得好。滑雪呀、爬山呀、射击呀、玩填字游戏呀，特里维廉都比他强。伯纳比气量可小哪，而且特里维廉有钱，他却穷得很哩。

"这种妒忌心已经有很长的一段时间了。如果一个人干任何事情都比你好，我告诉你吧，你就很难会真正喜欢上他的。伯纳比心胸狭窄，天性欠佳，精神上绝对忍受不了。"

"我想你说得很对，"埃米莉说，"呃，我应该来这儿把情况告诉你，不然就太不对劲了。我想问一下，你知道你的侄儿认识我的姨妈詹尼弗太太吗？星期三我看见他们在德勒咖啡馆喝咖啡的。"

"她是他的教母哇，"珀西豪斯小姐说，"那么他上回说要去埃克塞特见的'那个家伙'就是她啰。我料到罗尼一定是去借钱，我可要好好儿教训他一顿。"

"我可不让你在这样快乐的日子去责骂他。"埃米莉说，"再见了，我得赶快走了。还有许多事情要做哩。"

"你还要做什么呀，姑娘？应该说该做的你都全做了嘛。"

"还没有哩，我得去伦敦吉姆的保险公司，劝阻他们别因为借款的事情控告他。"

"噢。"珀西豪斯小姐说道。

"好了，"埃米莉说，"吉姆将来腰板就硬了，他得了教训。"

"也许是吧。你认为能劝阻成功吗?"

"当然能。"埃米莉态度十分坚定。

"呃,也许你能行,"珀西豪斯小姐说,"那以后又怎么办呢?"

"以后嘛,"埃米莉回答道,"反正我已经做完了,我已经为吉姆尽了力了。"

"那么我们来假设一下,比方说吧——下一步怎么办好呢?"珀西豪斯小姐说道。

"你的意思是——"

"下一步怎么办好呢? 如果你要我直言不讳地说,那就是,他们当中该是哪一位呢?"

"噢!"埃米莉叫道。

"正是这样,我就想弄明白,他们当中谁将是不幸运的人呢?"

埃米莉一边大笑着,一边弯下腰来吻这位老太太。

"别装傻瓜嘛,"她说,"这你知道得很清楚的呀。"

珀西豪斯小姐抿嘴而笑。

埃米莉轻快地跑出屋子,跑下小巷,查尔斯正好也跑了上来。

他双手抓住她。

"亲爱的埃米莉!"

"查尔斯! 这一切可真是太美妙了吧?"

"我要吻你。"恩德比先生说道,吻了她。

"我是个成功的人啦,埃米莉,"他说,"现在,喂,亲爱的,怎么样啊?"

"什么怎么样？"

"噢，我是说，呃，当然啰，不是要跟牢房里的皮尔逊老兄玩游戏什么的嘛。不过他已经解脱了罪名，而且——唉，他得像别人那样去吞下自己的苦果了。"

"你都在说些什么呀？"埃米莉不解地问道。

"你知道我喜欢你都喜欢得快发疯了，"恩德比先生回答道，"而且你也喜欢我。你选择皮尔逊是犯了个错误，我是说——呃——你和我是天生的一对儿，这段时间我们已经彼此了解，我俩都明白了，是吧？你想去结婚登记所呢，还是去教堂？啊？"

"如果你说的是要跟我结婚的话，"埃米莉断然拒绝道，"没门。"

"什么？听我说嘛——"

"不听。"埃米莉说道。

"但是，埃米莉——"

"如果你想知道我的想法，我就告诉你，"埃米莉说，"我爱吉姆，一心一意地爱！"

查尔斯惊得目瞪口呆。他一言不发，十分尴尬。

"你不能那样！"

"我就能那样！我就是爱他，永远爱他，永远！"

"你——你让我以为——"

"我是说过，"埃米莉庄重地说道，"有个人能依靠真是太好了。"

"是的，可是我以为——"

"你要怎么以为我可没办法。"

"你可真是个肆无忌惮的魔鬼呀,埃米莉。"

"我知道,亲爱的查尔斯,我知道,你管我叫什么那随你的便,这没关系。想想你的伟大前程吧,你得到了独家新闻啊!《每日电讯报》的独家新闻呀,你成功了。一个女人能怎么样?不如草芥。真正强有力的男人是不需要女人的,女人只会妨碍他,像常春藤似的缠住他,碍手碍脚。每一个伟大的男人都是不依靠女人的。事业为上——没什么比事业更重要,更能使男人绝对感到满意,更能去做一个伟大的成功者。你是个强者,查尔斯,可以天马行空,独来独往的呀——"

"你不要再说了好不好,埃米莉?你好像是在电台对青年男子们做演讲似的!你伤了我的心了。你不知道,就在你跟纳拉科特一起走进屋里时,你显得那么可爱,简直就是胜利女神和复仇女神的化身啊!"

小巷里响起一阵脚步声,杜克先生来了。

"啊,你在这儿,杜克先生。"埃米莉说,"查尔斯,我来给你介绍介绍吧,这位是前苏格兰场杜克总警督。"

"什么?"这个如雷贯耳般的名字使查尔斯禁不住嚷嚷起来。"不会是那位闻名遐迩的杜克警督吧?"

"正是,"埃米莉说,"他退休以后就住在这儿,人挺好的,而且非常谦虚,不想让自己的名望传播开来。我现在终于明白了,当时我要求纳拉科特警督告诉我杜克先生犯过什么罪时,他干吗要那么眨巴眼睛了。"

杜克先生笑容满面。

查尔斯反倒犹豫起来。恋人的本性跟新闻记者的本性展开了一场短兵相接的格斗,最终新闻记者的本性占了上风。

"见到你非常高兴,警督,"他说,"我想,不知道你能不能就特里维廉一案给我们报社写篇小文章,比如说,八百字的短文?"

埃米莉疾步走进小巷,进了柯蒂斯太太的房子,她跑进卧室,拖出手提箱。柯蒂斯太太跟进屋里。

"你不走吧,小姐?"

"我要走,我还有许多事情要做——在伦敦,还有我那位年轻人呢。"

柯蒂斯太太跨近一步。

"告诉我吧,小姐,是他们当中的哪一位呀?"

埃米莉把衣服胡乱地塞进手提箱。

"当然是牢房里的那一位了,从来就没有另外一位呀。"

"哦,我看可不对,小姐,可能你犯了错误吧。你肯定那位年轻先生能跟这一位相比吗?"

"噢,不能,"埃米莉说,"他可比不上。这一位前程可远大着呢。"她朝窗外望去,只见查尔斯仍在热情地拉住那位前总警督细谈着。"他是那种天生就前程远大的人——可另外那位没有我去照料的话,就料不定会出什么事了。如果不是因为我的话,他也不会弄成这种样子的!"

"也只能这样说了,小姐。"柯蒂斯太太说道。她又回到楼下,坐到她那位合法配偶的身边,目光茫然地向前瞪视。

"她简直就是我姑太萨拉的女儿贝林达的化身嘛,"柯蒂斯太太说,"在三牛旅馆时,她对那位可怜的乔治·普朗基特使尽了手腕。把房子抵押了,过了两年,还清了抵押款,那地方还办成了兴旺的公司呢。"

"嗯。"柯蒂斯先生哼了一声,把烟斗稍稍移动了一下。

"乔治·普朗基特是个英俊的家伙。"柯蒂斯太太回忆道。

"嗯。"柯蒂斯先生又哼了一声。

"可是自从跟贝林达结了婚,他对别的女人连正眼也不瞧了。"

"噢。"柯蒂斯先生仍然只是哼了一声。

"她才不会给他机会去正眼瞧瞧别的女人呢。"柯蒂斯太太说道。

"哦。"柯蒂斯先生依然缄口不语。

阿加莎·克里斯蒂
侦探推理系列（已出版书目）

POIROT 系列 ....

《东方快车谋杀案》
定价：18.00 元

《云中命案》
定价：18.00 元

《鸽群中的猫》
定价：19.00 元

《幕后凶手》
定价：18.00 元

《罗杰疑案》
定价：21.00 元

《尼罗河惨案》
定价：22.00 元

《啤酒谋杀案》
定价：17.00 元

《古墓之谜》
定价：19.00 元

《死人的殿堂》
定价：19.00 元

《悬崖山庄奇案》
定价：18.00 元

《阳光下的罪恶》
定价：18.00 元

《ABC 谋杀案》
定价：20.00 元

《牙医谋杀案》
定价：19.00 元

《沉默的证人》
定价：25.00 元

《人性记录》
定价：20.00 元

《空谷幽魂》
定价：23.00 元

《底牌》
定价：18.00 元

《高尔夫球场命案》
定价：19.00 元

《蓝色列车之谜》
定价：21.00 元

《死亡约会》
定价：17.00 元

《斯泰尔斯庄园奇案》
定价：17.00 元

《葬礼之后》
定价：22.00 元

《四魔头》
定价：19.00 元

《圣诞奇案》
定价：21.00 元

《柏棺》
定价：23.00 元

《第三个女郎》
定价：22.00 元

《三幕悲剧》
定价：20.00 元

《怪钟》
定价：23.00 元

《大象的证词》
定价：18.00 元

《清洁女工之死》
定价：22.00 元

《致命遗产》
定价：22.00 元

《万圣节前夜的谋杀案》
定价：23.00 元

阿加莎·克里斯蒂
侦探推理系列（已出版书目）

MARPLE 系列 ....

《沉睡的谋杀案》 　《藏书室女尸之谜》 　《破镜谋杀案》 　《谋杀启事》 　《命案目睹记》
定价：20.00 元 　　定价：17.00 元 　　定价：20.00 元 　定价：22.00 元 　定价：20.00 元

《借镜杀人》 　　《寓所谜案》 　　《魔手》 　　　《复仇女神》
定价：17.00 元 　　定价：21.80 元 　　定价：19.00 元 　定价：21.00 元

其他作品 ....

《无人生还》 　　《怪屋》 　　　《密码》 　　　《无尽长夜》 　《杀人不难》
定价：19.00 元 　　定价：19.00 元 　　定价：19.80 元 　定价：19.00 元 　定价：19.00 元

《犯罪团伙》 　　《地狱之旅》 　　《褐衣男子》 　《奉命谋杀》 　《暗藏杀机》
定价：25.00 元 　　定价：20.00 元 　　定价：20.00 元 　定价：23.00 元 　定价：25.00 元

《零时》 　　　　《闪光的氰化物》 　《斯塔福特疑案》
定价：20.00 元 　　定价：22.00 元 　　定价：22.00 元

其他更多精彩作品即将出版！ 详情请点击 www.99read.com